TAKE
SHOBO

忌まわしき婚姻を請け負う公爵は、盲目の姫を溺愛する

当麻咲来

Illustration
逆月酒乱

MOON DROPS

忌まわしき婚姻を請け負う公爵は、盲目の姫を溺愛する

Contents

イラスト／逆月酒乱

忌まわしき婚姻を請け負う公爵は、盲目の姫を溺愛する

MOON DROPS

プロローグ　一人きりの初夜

その日、サファーシス王国第一王女であるリオノーラは、名家エリスバードの次期公爵イライアスに降嫁した。

だが大々的に祝賀が開かれるのが通例の第一王女の婚姻としては異例なことに、結婚式はなく、披露の場すらなかった。

「……本当に信じられません。リオノーラ様は由緒正しいサファーシス王国の第一王女なんですよ。未来を見通す目で、この国にどれだけ価値のある予見を伝えてきたか……」

侍女のミアは怒りを炸裂《さくれつ》させ、珍しいほど声を荒らげていた。ただ大きな声が苦手なリオノーラが眉を顰《ひそ》める様子を見て、すぐに声を小さくしたのだが。

そして彼女の怒りは、リオノーラへの強い愛情と深い同情心から来るものだから、その言葉はリオノーラを傷つけることはない。

「そのことを全国民が知り、お祝いを申し上げるべきなのに、国王陛下は何の知らせもせず。……陛下は誰よりもリオノーラ様を大事にしないといけないのに、それを猫の子を与えるみたいに……こんな仕打ち、許せません」

「そんなこと言ったって、〝一国の王女に相応しい結婚式〟なんてされたら、私の方が困ってしまうわ。私はこんな体だし、予見のことは王宮外では秘されているのだから……」

そっと自らの閉じたままの目元を指さす。リオノーラの目は五歳の時、〝予見の聖女〟となった時から、一度も開いたことはない。つまり現実の物を見る視力がないのだ。

サファーシス王国では、時折リオノーラのように特殊な力を授かる王女が生まれることがある。選ばれた姫たちは特殊な能力の代わりのように、何かしらの欠損を伴うことが通例らしい。

リオノーラの場合、それは閉じたままで開くことのない目という形で齎《もたら》された。ただ五歳の誕生日まで、美しい紫色の目は普通に見えていた。だが儀式をきっかけに瞼《まぶた》は閉じたままで、現在まで開くことはなかった。

ただし視力を全く失ったわけではないらしく、瞼越しに明るいか暗いかぐらいはわかる。そのおかげで人の移動なども多少は感じ取ることができるのだ。

文句を言いながらも、ミアの手は止まることなく、リオノーラのやや桃色がかった白金色の髪を梳《す》き、初夜のための寝化粧を整えてくれる。

「ミアがエリスバード公爵邸まで着いて来てくれてよかった。でもミアは本当によかったの？」

王女と言っても、リオノーラの母は辺境の小さな村出身の平民女性で、国王の数多い愛《あい》妾《しょう》の一人に過ぎなかった。しかも幼い頃に母は亡くなっている。後見者もおらず、生まれた順番が早かっただけで、王の子の中では一番立場が弱い。

一方ミアは父を亡くし没落したとはいえ連綿と続く伯爵家の一人娘だ。そっと振り返りながら尋ねると、ミアは小さく息を呑《の》み、それからふっと笑みを含んだ吐息を漏らした。

「ええ、もちろん。もったいないことですが、リオノーラ様は私にとっては妹同然なんです。私ができることであれば、いつでも何でもして差し上げたいのです。お世話ができなくなった母の代わりに、私が大切な妹を守るって、そう決めたんです」

ミアの言葉に、リオノーラは胸が温かくなる。視力を失った第一王女に対して、王宮の扱いはけしてよくなかった。そんな時にもずっと、リオノーラを支えてくれたのは、乳母であったカレナとその娘のミアだけだった。そしてカレナが体調を崩し、侍女を辞した今となっては、ミアはリオノーラにとって、唯一信頼できる存在なのだ。

「……はい、できあがりました。今日もリオノーラ様はいつも通りお綺麗《きれい》ですよ」

とんと肩を軽く叩《たた》いて、明るい声を掛けてくれる。そのままミアに手を引かれ、リオノーラは初めて夫婦の寝室に入っていった。夫婦の寝室は妻の寝室と夫の寝室の間に設けられており、どちらの部屋からでも入ってこられるようになっている。つまりリオノーラが入ってきた向かい側にも扉があり、そちらからイライアスは入ってくるはずなのだ。

（本当に、初夜を迎える気があるのなら、だけど）

来ても来なくても不安だ。心細げなリオノーラの手を引いて、いつも初めての場所でそうしているように、ミアは寝室のどこに何があるかを、ゆっくりと部屋を歩きながら教えてくれた。

「……ご夫婦の寝室は、エリスバード公爵家らしい実用的な内装になっています。ソファーはこちらで……夫婦のベッドはこちらになります。ここにサイドボードがあって、その上に水差しがあります。グラスはこちらです。声をかけていただければ私が用意しますけど……念のため」

その言葉に頷《うなず》くと、リオノーラはベッドの高さや硬さなどを、手で触れて確認する。

「あら、軽くて温かい良い羽毛の布団を使っているのね」

手に触れた寝具は肌触りが良く、たっぷりと空気を含んでいて重たくない。リオノーラが王宮の部屋で使っている物よりずっと上等な物のようだった。王宮では女性向けの良い物は、王妃の娘であるチェルシーのところに侍女たちが持って行ってしまうのだ。そしてわざわざあまり良くない品をリオノーラのところに届けさせる。

隣国ラシャーンの王室から迎えた正妃を母に持つ第二王女チェルシーと、第一王女であるリオノーラは腹違いの姉妹だ。そして王宮では、侍女たちまで平民出身の愛妾の子であるリオノーラを侮っているため、リオノーラの待遇は第一王女とは思えないほど悪かった。

「……少なくとも公爵家は、リオノーラ様に相応しい寝具を用意してくださったみたいですね。それに晩餐《ばんさん》での公爵夫妻の、リオノーラ様に対するもてなしは丁寧で、私、正直ホッとしました。噂《うわさ》の通り、エリスバード公爵夫妻は公明正大な人格者のようですね。嫡子のイライアス様も、体調が悪くなったリオノーラ様が、すぐ休めるように対応してくださいましたし。……それだけでも王宮よりずっとマシです。もし今晩、定刻通りイライアス様が来ないのなら、この良い寝具で旦那様など待たずに、ぐっすり寝てしまえば良いと思います」

半分ぐらい本気で言っていそうなミアの言葉につい笑ってしまった。

「そういうわけにはいきません。王家の王女として、『為すべき事』を為さねばならないのですから」

イライアスは目の見えない妻を娶《めと》ることになって、その相手にどんな感情を抱いているのだろうか。国王のように冷たい態度をとるのか、チェルシーのように侮蔑的な態度をとるのか……。

ふと王宮でリオノーラの世話をしに来た侍女が噂していた、『イライアスはリオノーラではなく、妹王女のチェルシーとの婚姻を望んでいたのだ』という話を思い出す。

(チェルシーが言っているように、本当にイライアス様が彼女を好きならば、その姉を娶らないといけないなんて複雑な気分でしょうね)

瑕疵《かし》のある王女を降嫁させられたのだ。形だけ妻として娶ったことにすれば良い。次期公爵位にあるイライアスであれば、他に寵愛《ちょうあい》する女性を作っても誰も文句は言わないだろう。

(それでも、私に子どもを授けることは、義務としてしなければならないでしょうけれど……)

リオノーラのような特殊な能力は、王家にとっては貴重なのだ。そしてリオノーラの知っているイライアスは、たとえ押しつけられるように降嫁させられた妻であっても、誠実に対応する人間だと確信している。だが公爵家の義務だけでリオノーラを娶ったのなら、心が伴わない立場だけの妻としたいのが本音かもしれない。

「もう。そんな心配そうな顔をしないで……何かあれば叫んでください。扉の向こうにはミアが一晩中います。だから安心してください」

初夜が怖いとリオノーラが考えていると思ったのだろうか、どんと胸を叩くような音がして、ミアが頼りになる姉のように声を掛けてくれた。不安な気持ちをぎゅっと握りしめた手でこらえる。

（イライアス様が私を遠ざけたとしても平気。ミアもいるし、私は大丈夫）

どんな屈辱を受けても、リオノーラは我慢することには慣れている。

「わかったわ、扉の向こうにミアがいると思ったら私も安心ね」

できる限り明るい声を出してソファーに腰掛けると、ミアが小さく挨拶をして部屋を出て行った。

すると先ほどミアが出て行った出口とは反対側の扉から、ノックする音が聞こえた。

「リオノーラ様、よろしいでしょうか？」

「……どうぞ」

声の感じからいって、先ほど紹介された侍女長のようだ。

「今晩は、お疲れでしょうから、無理をせず横になっていてください」

そう言うと、彼女はリオノーラをベッドに向かわせて、横たわらせると灯りを更に小さくしたようだ。部屋が暗くなったことに、瞼越しに感じる明るさで気づいたリオノーラは、自分の為には明かりを灯す必要がないということかと思う。

(でもイライアス様は、こんな暗い部屋で歩くのに困らないのかしら……。それともやっぱり今日は来ないつもりなのかしら……)

灯りもない部屋で時間を過ごしていると、気づけば過去のことがいろいろと思い出される。ふと数少ない嫁入り道具の一つに忍ばせてきた手紙の中身が脳裏に浮かんだ。文字を読むことはできないが、記憶力の良いリオノーラは一度読んでもらえば、その文章の中身を忘れることはないのだ。


「このところ、手紙を出すのが遅くなり申し訳ありません。サファーシスは今雪に包まれているのでしょうか。王女様におかれましては体調には問題ございませんか？　王都にいると雪の季節にはよそに逃れたいような気持ちになりましたが、今こうして故郷から遠く離れていると、雪深い冬を懐かしく感じます……」

穏やかな言葉ばかり選んで書かれた手紙の交換は、サファーシス貴族の行儀見習いとして行われる風習に従って、季節ごとに数年間続いた。

ただ本来なら王女としてそうした教育を受けるはずのリオノーラだったが、目の不自由な彼女にそうした機会は巡ってこないはずだった。だが……。

「こんな面倒なこと、私、やってる暇がないの。だってあちこちからパーティのお誘いが一杯なんですもの。だから行儀見習いの文通は、社交もせずに引きこもりっぱなしで暇な貴女がやったらいいわ」

その一言で、チェルシーから押しつけられて始まった文通。目の見えないリオノーラを困らせるために第二王女チェルシーが言い出したことだ。そしてその相手は奇しくもリオノーラが嫁ぐ可能性があるエリスバード公爵家の嫡男、イライアスだった。

乳母であったミアの母カリナが、文字の書き方をリオノーラに丁寧に指導してくれていたお陰で、見えなくても文字は書くことができたし、ミアが罫《けい》線に凹凸のあるリオノーラ用の特別の便せんを用意してくれて、それでチェルシーのふりをして返事をすることができた。だからその文通は誰にも知られることなく、問題になることもなかった。

そして手紙の中ではチェルシーのふりをして、瑕疵などない普通の娘のように振る舞い、イライアスと会話を交わすことができて楽しかった。チェルシーから数え切れないほど受けた嫌がらせの中で、この文通のことだけはリオノーラは感謝しているくらいだ。

（もちろん、形式的で儀礼的な手紙だけの関係だけど。それに……文通の相手はチェルシーだとイライアス様は思っているだろうし……）

それでも、手紙を通じて誰かと繋《つな》がるという経験は、リオノーラにとってとても幸福なものだった。

(そもそも最初から文通をしていたのが、私だと知っていたら、イライアス様はあんな優しい手紙を送ってくれたかしら……)

チェルシーの話によれば、もともとイライアスは彼女に好意を抱いていて、文通の相手に立候補したのだという。だからだろう、今日婚姻のため公爵邸にやってきたリオノーラに対して、イライアスの態度はまさしく礼儀だけ整えたというような印象だった。

もちろん表情や態度は貴族に相応しく恭しかったのだろうと思う。だが、見えないリオノーラは、彼の声の響きやちょっとした息づかいで、その人の気持ちを如実に感じ取れてしまう。

(やっぱり今夜は……来ないのかも知れない)

そう思うと、ふと体から力が抜けていくような気がする。リオノーラは辺りの気配を探る。目の見えない彼女には時間を知る手がかりはないのだけれど、感覚的には初夜を行うには少々遅すぎる時間になっていると思う。

「……仕方なしに私を娶るのだ、とチェルシーも言っていたわね……」

エリスバード公爵家は『忌婚』を引き受ける家なのだから、と。

第一章　忌婚公爵は予見の姫を娶る

そもそも、リオノーラがエリスバード公爵家嫡男イライアスの元に、輿入《こしい》れする話を聞いたのは三ヶ月ほど前のことだ。目の見えないリオノーラを受け入れるのは、エリスバード公爵家としても、久しぶりの『忌婚』となる。

『忌婚』とは、リオノーラのように特殊な力を得たかわりに、なんらかの欠損を持つ王家の女性を引き受け、妻として一生面倒を見ることを言う。あまり良い言葉とは言えないが、権力を持つ公爵家を揶揄《やゆ》したい貴族などから、『エリスバードは忌婚によって栄えた家だ』と陰口のように言われている。

そして事実、エリスバードは王家からの『忌婚』を引き受けることで、王家と関係を築き、高位の貴族の一角を長い間維持してきた一門である。

その日の朝、突然父王から呼び出され、彼女は国王の執務室を訪ねていた。

「リオノーラ様、国王陛下がお待ちです」

「出迎えありがとう」

入り口では王宮騎士団所属で父王のお気に入りの筆頭護衛騎士、ヘリオスがリオノーラを迎える。リオノーラの挨拶の仕方に納得できなかったのだろうか、微かに聞こえた舌打ちの音は、この筆頭護衛騎士からだろう。リオノーラの何が気に入らないのかわからないが、彼は常に彼女に対して高圧的な態度を取るのだ。

リオノーラは昔から獣じみた匂いのする香水を使っているこの男が苦手だった。リオノーラの立場が弱いことを理解した上で常日頃から失礼な言動をし、そのくせ会えば何か言いたげにじっとりと見つめているような気配を感じるからだ。嫌悪感にぞわりと総毛立つ。

部屋にいるのは、国王グレイアムと、ヘリオスの他二名の護衛騎士。それから執務室内には、妹チェルシーが同席しているらしい。華やかな花の香りは、妹のものとリオノーラは認識している。だが今のところ、いることに気づかれたくないのか気配を消して静かにしているようなので、気づかないふりをすることにした。

「リオノーラ。お前の縁談が調った。相手はエリスバード次期公爵イライアスだ。留学と外交官としての務めで十年間ガラーシア皇国にいたが、たいへんに優秀な男らしい。よく仕え、そして良き子を産め」

それだけ一方的に言うと、話は終わったとばかりに、国王がさっさと立ち上がるのを気配で感じ取る。突然の話に呆然《ぼうぜん》としつつも、結婚という慶事の話ですら、父王の声がいつも通り苛立たしげに尖《とが》っていることに心臓が重苦しく鳴る。

（いつもそう……）

命令し慣れた響き。そして目の見えない自分を蔑んでいるのが伝わってくる。だがそれよりリオノーラはもっと衝撃的な事実に気づいて複雑な気持ちになってしまう。

（イライアスって……あの、イライアス様よね……）

いや、目の見えない自分が嫁ぐのならば、エリスバード家に降嫁することになることはわかっていた。ただエリスバードには嫡男であるイライアス以外にも息子がいるのだ。まさか自分の相手がイライアスになるとは思っていなかった。

（……嬉《うれ》しいのか……悲しいのか。不安なのか、よくわからないわ……）

複雑な心境になってしまうのは、一ヶ月前に受け取った最後の手紙のせいだ。

未だに大事にしまっている彼からの手紙を思い出し、ずっとイライアスを嘘《うそ》で裏切り続けていた自分を振り返ると、どうしていいのかわからなくなる。本当の話をするつもりで書いた手紙も、結局勇気がなくて、出せず仕舞いなのだ。

そんなことを呆然と考えていたリオノーラの鼻の先で、華やかな香水の匂いが立ちのぼり、次の瞬間、激しい声が上がる。

「……お父様、どういうこと？　なんで目が見えないでき損ないの王女が、エリスバード公爵になるイライアスと結婚できるの？　エリスバードといえば、ブライアント公爵家に次いで高い地位にある公爵家じゃない」

気配を隠していたはずのチェルシーが、いきなり大声を上げたことに、リオノーラの心臓は驚きでぎゅっと締め付けられる。視覚による情報に頼れないため、他の感覚に常に神経を使っているリオノーラは、大きな音は苦手だ。咄嗟《とっさ》に無作法に耳を塞がないように堪えた。

「リオノーラの能力は貴重だからな。次世代に引き継ぐ必要がある。エリスバードはそのために存在している家だ。当然、その息子はリオノーラに子を授ける義務がある」

「だからってエリスバード公爵家には他にも息子がいますよね。なんでイライアスなの？」

チェルシーもリオノーラと同じ疑問を抱いていたらしい。答えが気になったリオノーラも静かに父王の言葉を待つ。

「エリスバードにはたまに自分たちの立場というものを再認識させる必要がある。そのために優秀な嫡男に『忌婚』を受け入れさせるのが、良い手段と私が判断したからだ。エリスバードはこうした婚姻を引き受けることで今の地位を確立したのだ。それに嫡子以外が王女を娶れるわけもあるまい。もちろん無爵位の男の元に王女を嫁がせるわけに行かないのはお前も理解できるだろう？」

「でも、お父様っ」

「もう決定したことだ」

王妃の娘であるチェルシーの我儘《わがまま》は基本的に許している国王だが、この話に関しては妥協する気がないらしい。けんもほろろに答えると、話は終わったと言うように父王はさっさと執務室を後にした。

するとと父に良い反応をもらえなかったため、機嫌が悪いであろうチェルシーの気配が近づいてくる。普段より香水が強く香っているのは多分怒りで体温が上がっているからだ。カツカツと靴音も高く近寄ってくるチェルシーの様子に、以前感情を高ぶらせた彼女に叩かれたことのあるリオノーラは思わず身を固くした。

「なんでアンタがイライアスと結婚するの？　あの方はね、私のことが好きなの。この間、帰国報告のパーティで、『ずっとチェルシー様にお会いしたかった』と言われたわ。見た目も良いし家柄も良くて有能なイライアスは、帰国してからずっと社交界で令嬢たちの注目の的なのよ。……そんな人が貴女と結婚なんてありえない」

一ヶ月前にサファーシスに戻ってきているイライアスと、既にチェルシーは顔を合わせているらしい。その時に熱烈に愛を告白されたそうだ。

「イライアスは私のことが好きなのに、お父様に命じられた結婚相手は卑しい身分の母を持つ、不細工で目の見えないその姉なんてね」

叩きつけるように投げられる言葉で、また心が傷つけられる。

「あの、私も結婚をしたいわけではないのよ。でも陛下の言うことは絶対……」

それでも必死に言い返したリオノーラの様子に、カッとしたのか、チェルシーの声が高くなった。

「目が見えなくて、自分の顔を見たことないだろうから言ってあげるけど、本当に不細工なの。見ているのが不快になるくらい。そのうえ目を瞑《つぶ》ったままなんて気持ち悪い。何が予見の聖女よ。アンタは王家のゴミよ！」

荒らげた声が甲高く耳を叩く。リオノーラはその暴力的な声に、まるで殴りかかられているかのように感じてしまう。恐怖で声を出すこともできない。

「ねえ、黙ってないで、なんか答えたらどうよ！」

ひゅっと風が唸《うな》るような音がして、次の瞬間、バチンと、音がする。

「チェルシー様、やめてください」

ずっと静かに横で控えていてくれたミアの声が震えている。明らかに人を叩く音がしたのに、自分は何も痛みを感じていない。つまりそれは……。

「アンタ、侍女のくせに生意気よ。黙っていたらどう？　しつけのできない主人の代わりに、私がもう一回、叩いてあげる。そのしみったれた顔をこっちに出しなさい」

その言葉にミアが代わりに叩かれたことを知ったリオノーラは、チェルシーとミアの気配の間に割って入り、手を伸ばす。

「……チェルシー。やめなさい。私の侍女であるミアを、主人でもない貴女が叩くことは許しません」

「うるさいわね。アンタみたいな不細工の言葉なんて、私が聞くと思ってんの？」

自分を庇《かば》うために前に立っているミアの体が怒りと恐怖で震えているのを、触れた指先で感じ取る。自分に向けられる悪意にはもう慣れている。けれど、ミアを叩くなんて許しがたい。じわりと怒りがこみ上げてくる。

「そう。だったら……チェルシー、貴女の未来を視て差し上げましょうか？　貴女のその態度に相応しい未来だったら良いわね……」

　ゆっくりと笑みを浮かべると、ヒッと微かな悲鳴混じりの吐息が聞こえる。

「……バケモノ。アンタなんてバケモノだわ。王族どころか、人間ですらない……。人を呪って願いを叶《かな》えるんでしょう？　イライアスは可哀想だわ。そういう家に生まれたからって、こんな最悪の、醜いバケモノと結婚しないといけないだなんて……」

　それだけ言うと、高い靴音を響かせて、チェルシーが部屋の外に出て行く。チェルシーの後を追う侍女たちの気配が遠ざかるのを感じて、リオノーラはくたくたとその場に崩れ落ちた。

「……リオノーラ様、すみません……」

　その場に座り込んだまま立ち上がれなくなったリオノーラをミアが支えてくれる。先ほどまでの恐怖に、彼女自身まだ微かに震えているというのに。

「ごめんなさい。私を庇って叩かれてしまったのね。部屋に戻ってセントアン女史に診察してもらいましょう」

　ありがたいことに、病弱なリオノーラの命を永らえさせるため、医師だけは優秀な人間をつけてくれているのだ。リオノーラは部屋に戻り専属医師であるセントアンを呼ぶと、ミアの顔の傷を見てもらうことにした。

＊＊＊

その後、激しすぎるチェルシーの気性に当てられたのか、リオノーラは一週間以上寝込むことになってしまった。そのせいでエリスバード公爵令息イライアスの帰国を正式に祝う宴が開かれた時も、まだベッドから起き上がれずにいた。

「本来なら、私もご挨拶しなければいけないのに……」

逢《あ》いに行きたかった。あの手紙をくれた人は、どんな声でどんな風に話す人なのか、純粋に知りたかったのだ。

「イライアス様からの手紙、いつも待っていらっしゃいましたものね」

ミアだけはリオノーラが、チェルシーの代わりに文通の相手をしていたことを知っている。そしてその手紙のやりとりをリオノーラが密かに楽しみにしていたことも。

「帰国されたイライアス様とお会いになった方のお話を伺いましたが、気品があって礼儀正しくて、穏やかな方のようですよ。もちろん留学先では優秀な成績を収めていらっしゃいますし、その後ガラーシア皇国で外交官として勤めていらっしゃった時も、執務能力が高く有能な方で、その上……」

クスクスとミアがベッドで横になっているリオノーラの耳元で笑う。

「とても顔立ちの整った方だそうです。だからチェルシー様は突然目の色を変えられたみたいですね。第二王女殿下は面食いですから……。確かにお父上であるエリスバード公爵は取り立てて容貌が良いというわけではないですし、その方に似ていると思って今まで興味がなかったんでしょうけれど」

「そう……イライアス様は見目の良い方なのね……」

　正直、盲目の自分は人の目鼻立ちに興味はない。ただそれだけ条件が整っている人なら、自分のことさえなければ他にいくらでも良い縁談も来たのではないか。

（それに私との縁談のせいで、チェルシーとの仲を引き裂かれたと、恨んでないとよいのだけど……）

　ふと不安が胸に忍び寄る。目の見えない王女を降嫁されるなど、それだけの能力と美貌を持った人であれば、不満に思うに違いない。

　それにミアはリオノーラを綺麗だと言ってくれるけれど、それ以外の人から綺麗だ、などと言われたことはないのだ。それどころか、チェルシーからはことあるごとに何度も『可哀想なくらい不細工だ』と言われ続けている。閉じたままの目だけでも、普通の人からすれば不気味だろう。

「別にどんな顔立ちの男性でも関係ないわ。……どうせ私には見えないのですもの」

「姫様……」

　そっと自らの目元に触れて小さく囁《ささや》く。ミアの切なげな響きの声が聞こえる。もし物を見ることができたら、もっと大切な人の思いを感じることができるのかもしれないのに。

「ごめんなさい。疲れてしまったわ。なんだか頭痛もするの。……もう少し休むことにします」

その声に、そっと温かい手が力づけるようにリオノーラの手を握り、休息の邪魔にならないようにと静かに離れていく。

「かしこまりました。近くにおりますので、目が覚めたらお声を掛けてください」

＊＊＊

それから二ヶ月ほどでリオノーラは輿入れの日を迎えた。

せめてもと新しく用意されたドレスを身にまとい、開かない目を見て驚かれないように、目元を覆うヴェールを身につける。

（結局輿入れ前に一度も、イライアス様にお会いできなかった）

一つは自分の体調不良と、あとは父である国王が二人の会う機会をあえて作らなかったからだ。チェルシー曰《いわ》く、『へたに会って、こんな不細工と結婚したくないって言われたら困るからじゃない？』ということらしい。

（まあ、そうよね……）

口さがない侍女たちの噂話によれば、チェルシーはイライアスを気に入っており、イライアスもチェルシーに対して非常に好意的なのだという。社交界では、そんな似合いの二人の間を裂くのが、『奇矯な王女リオノーラ』という噂になっているらしい。

（愛される妻になれるなんて、最初から期待してない）

国王に命じられて形だけの妻となるのだから。そう思いながらも、優しい手紙の言葉を思い出すたび、どこかふわふわする気持ちでリオノーラはエリスバード邸に到着した。

車回しまでわざわざ、イライアス本人が出迎えてくれたと聞いて、それだけでなんだかじわりと心が温かくなる。

「……イライアス様、自ら出迎えてくださったと伺っております。お手数をおかけして申し訳ございません」

ミアに付き添われてゆっくりと馬車を降り、声を掛けると穏やかな声が答えた。

「エリスバード公爵家にようこそおいでくださいました。私がイライアス・エリスバードです」

（イライアス様は、こんな声をしていたのね）

初めて聞くその人の声は深くて穏やかで、低すぎず明瞭な発音で聞き取りやすかった。大木に新緑が芽生えているような安心感と爽やかさが両立している声だ、とリオノーラは思う。手紙の印象通りの心地よい声音になんだか胸がドキドキする。

ミアの腕に触れながら、声のする方にゆっくり歩いて行く。イライアスの声からは、リオノーラに対して強い好意は感じないけれど、かといって悪意も持っていないようだ。ただ緊張して明らかに警戒している。それでも気遣いは十分だし、冷静で落ち着いている様子も、手紙の人物と差異を感じなかった。

よかったと安堵《あんど》して自然と笑みが浮かぶ。ミアから手を離すと、さらに声を頼りに挨拶のため近づいて行った。

「……あの、姫君は、目はお見えでは……」

「ええ、見えませんの。でも明るさぐらいならばわかります。今はイライアス様の声が聞こえるところを頼りに近づいています。もし近すぎるなど、不快に思うことがあれば教えてください」

声と気配から、腕をまっすぐ伸ばした分ほどの距離を取り彼の前に立つとドレスをつまみ、できるだけ美しく見えると思われる姿勢で、丁寧に挨拶をする。

「リオノーラ、と申します。目の見えない私を娶られることで、いろいろとご迷惑をおかけすることになるかと思います。申し訳ございませんが、よろしくお願いいたします」

「あの」

突然戸惑ったような声が漏れた。何か困らせることをしてしまっただろうか、とリオノーラは微かに首を傾げる。

「あ……いえ、それではいったんお部屋の方に案内いたします」

その声に一歩足を踏み出した瞬間、見えないはずのリオノーラの目に視えてきたのは、どこかの下町の宿で、収めていた化粧箱から見事な細工の宝玉を取り出す男の姿だ。男は金剛石《ダイヤモンド》らしき宝玉を、灯りに当てて中を透かす。するとそこには天馬の紋様が浮かび上がる。

（こんな時に予見、だなんて……）

未来をリオノーラに視せるそれは、彼女の体調や条件、時間を問わず発生する。吐き気と目眩《めまい》を感じながら、リオノーラは視える光景を脳裏に焼き付けることに全神経を集中した。

——どうやら男は何か貴重な物を持って逃げて来たらしい。怯《おび》えたように窓から外を見る男の目には塔の上にはためく二つの旗が映る。一つはサファーシスの国旗。もう一つは……。

旗の紋様を確認した瞬間、リオノーラは激しい頭痛を感じる。最近は予見を視ていると徐々に体調が悪くなり、最後まで視ることができなくなっている。閉じたままの目の奥がズキズキと痛む。耐えきれず手袋をした手で顔を覆い、膝から崩れ落ちる。

誰にも支えられず床に体を打ちそうになった刹那、何者かがリオノーラの体を支えてくれて、次の瞬間ふわりと抱き上げられた。そのままゆっくりとリオノーラを抱きかかえて歩き始める。

（も、もしかしてイライアス様？）

すぐそばに立っていたのは彼だ。しかし文官だと聞いていたのに、その体は鍛え上げられた鋼のようで、いつもリオノーラを支えようとして一緒に倒れてしまうミアの柔らかい体とは全くの別物だった。戸惑いの次の瞬間、恥ずかしさでかぁっと熱が上がってくる。

（ダメ、他のこと考えていたら予見の内容を忘れる！　そうでなくても、今日も途中までしか視えてないのに）

「申し訳、ございません。私、国王陛下に……お伝えしなければならないことがございます。手紙を書きますので、お部屋をお借りしてよろしいでしょうか？」

「もちろん。リオノーラ様のための部屋をご用意させていただいておりますので、そちらで……」

イライアスに抱きかかえられたまま部屋に入ると、大急ぎでいつもの便せんとペンを用意してもらい、先ほど予見で視えた光景を、旗の紋様の説明も含めて詳細に書く。その姿をじっとイライアスが見ていたことに、リオノーラは後から気づいたのだった。

「先ほどは体調を崩されたとのことでしたが、大丈夫ですか？」

手紙を書いた後、頭痛が酷くなってしまったため、横になって休ませてもらった。その後出席した晩餐では、イライアスの父であるエリスバード公爵が挨拶の後、声を掛けてくる。

礼儀正しく真面目で好人物だという評判の公爵は今回の嫡男の結婚を見届けて、公爵位を息子イライアスに譲り、地方にあるエリスバードの領地で生活する予定なのだという。

「ええ、ありがとうございます。ああいう状況になると、倒れてしまうことが多くて……」

あえて予見という言葉を使わずに言うと意味を理解した公爵と夫人は小さく頷く。リオノーラはカトラリーを使い、失礼にならない程度に食事に手をつけた。

「……リオノーラ様は、お食事の様子もずいぶんと慣れていらっしゃるのね……」

戸惑いがちに声を掛けてくれるのは、エリスバード公爵夫人のマリーローゼだ。見えない割りにテーブルマナーができているという意味だろうか。人によっては無礼な言い方だと思うかも知れない。だが声も掛けられず、好奇の目だけ向けられるより、直接聞いてくれる方がよほど有り難い。

「ええ、もう幼い頃からずっと見えない生活ですので。ミアが補助してくれますし、生活には困りません」

「そう。でしたらよかったですわ。ただ慣れない環境でしょうから、なにか足りないものがあれば、侍従長や侍女長に命じてください。すぐに用意させますから」

「ありがとうございます」

ミア一人でリオノーラの世話をするのはやはり大変だろう。有り難い申し出に笑みを浮かべ礼を言うと、ほっと周りの空気が緩んだ気がする。リオノーラはまず彼女の意向を聞いてくれたエリスバード公爵家の人たちに感謝する。

(なんだか王宮より、ずっと空気が軽やかだわ……)

見えないからといって、何もできないと思い込み、こちらの意志を無視して手を出そうとする人間も多かった。それを不必要だと拒否すればするほど、偏屈だ、気難しいと言われてしまっていたが、できることをできないと言ってまで、自分を貶《おとし》めたくはない。しかもあれこれ口だけ出しながら、何もできない可哀想な王女と蔑むような人を相手にしていればなおのことだ。

（それに何もできなければ、何かあった時に結局は自分が困ることになるのだから……）

できるだけ自分のことは自分でしたい。そうリオノーラは考えていた。

そんなリオノーラの気持ちをわかっているわけでもないだろうが、今日用意された食事は、食べやすさを優先しているように思えた。そのおかげで、はじめて会食をする人々の前でも、ミアが隣に立ち給仕しつつ小さな声で説明をしてくれれば、何の問題もなく食事を取ることができた。しかも予見に疲れ弱っていた胃にも優しい食材が並ぶ。

（こんな気遣いをしてくれているのは誰なんだろう。……イライアス様は……どうしているのかしら）

食事の間中、ほとんど会話することもなかったが今は食事も終わり、すでにデザートの時間だ。リオノーラは微かな気配から、隣にいる夫となった人の様子を探る。すると彼が自分の方を見ている気がして、なんだかドキリと心臓が高鳴り、少しだけ胸が苦しい。

「リオノーラ様」

名前を呼ばれてハッとそちらを向くと、微かな吐息が聞こえた。物思いに沈み過ぎてしまったかもしれない。

「今日はお疲れのようですね。少し発熱されていらっしゃるようにお見受けします。ゆっくりお休みいただく方がよいかもしれません」

それは……どういう意味だろうか。確かにこの晩餐を無難にこなすために、多少の無理はしている。しかしそれを誰かに気づかれるほど、リオノーラの外面の鎧《よろい》は薄くはないはずだ。咄嗟に返す言葉に迷う。

「まあ、リオノーラ様はお疲れだったのですね。気づかずに申し訳ございません」

「晩餐はこちらでいったん終わらせていただきます。パトリシア、リオノーラ様をお部屋に。用意させていただいているデザートは部屋の方にお持ちしますので、そちらで楽な体勢で、ゆっくりお召し上がりください」

親切なエリスバード公爵夫妻の言葉に、すでに体調が限界だったリオノーラは礼を言うと席を立つ。侍女長のパトリシアの案内で、リオノーラは自分の部屋に戻っていった。

＊＊＊

そして輿入れした初夜。

新しく夫になった人は明け方まで待っても寝室に来なかった。寝苦しさを感じながらようやく眠りについたリオノーラは、夢を見ていた。

『お父様、ここはどこ？』

まだ目が見えていた幼い頃、リオノーラは王の愛妾であった母と塔のようなところで生活していた。そして母を亡くした後も、父王が訪ねてくることもほとんどなかった。

そんな碌に顔すら見たことがなかった父がリオノーラの手を引いて、ずんずんと森の奥に向かって歩いている。

母が亡くなり、リオノーラが五歳になる少し前。今までほとんど会話もしたことのない父王が突然塔にやって来て、共に旅に出ることになった。もちろん宿泊する部屋も別だったし、二人きりで一緒に行動するのは最後に通った村を抜けてからであったけれども。

『足、痛くなっちゃった……』

『煩い。黙って着いてこい』

低く唸るような声は獰猛《どうもう》な獣のようだ。好奇心と緊張と、様々な感情を抱えたまま、リオノーラは余計なことは言わずに必死に父親の後を追って歩く。

樹木の緑が、空の青さが、道ばたに咲く花の彩りが、初めて見る自然豊かな景色が目に飛び込んでくる。目指しているのは深い森の中にある小さくて真っ白な神殿。高い塔が森の中からも見えていた。それを見るとなんだか懐かしくて胸がぎゅっとする。草が生い茂る中、ようやくたどり着いた神殿には、真っ白い石で作られた舞台のようなものがあった。

『ここだ。ここまで来るんだ』

そう言うと、父王は真っ白い舞台の中心に置かれた祭壇のようなところに、リオノーラを乗せて横たわるように言う。

『……なんで？　なんでこんなところでリオノーラ、お昼寝するの？』

そう尋ねると、ギラギラと底知れぬ光を持つ王の視線が一気に自分に向かう。

『そうだ。俺がいいと言うまでお昼寝だ。母親に教わった子守歌を歌って目を瞑れ。……目が覚めたら、お前の世界が変わっているかも知れないな』

唇の端を上げて、にやりと笑う。その人相の悪い笑みですら、初めて見た父親の笑顔だと思ってリオノーラは必死に笑顔を返すと、目を瞑って母親から教わった子守歌を小さく歌う。すると横たわったリオノーラの足元の辺りから父王の声が聞こえた。

『この世界を御守りくださる神。あなたに王家の血を捧《ささ》げます。か弱きあなたの子どものため、我々に聖女を遣わしたまえ』

王がそう声を上げた瞬間、何かが空から大量にリオノーラの体の中に落ちてくる。驚きに目を見開こうとしたリオノーラの目は、その後、二度と開くことはなかった……。

＊＊＊

「いや！　私は聖女になんてなりたくない！」

夢の中でリオノーラはあの時言えなかった言葉を叫んで目を見開こうとした。けれども世界は未だに暗闇のままだ。いや……頬に射す光は朝であることをリオノーラに知らせる。

(久しぶりにあの夢をみちゃった。あれから、私の目はずっと開かなくなってしまったのよね……)

以来、予見の聖女となったリオノーラは、予見があればいつも父に報告するように言いつけられていた。

　そもそもリオノーラが視力を失って、最初に視た予見は、大きな船が沈むというものだった。父の側仕えにその船の特徴と共に予見の内容を伝えたところ、大切な穀物を輸出する船の整備不良を出立前に確認でき、船は沈まずにすんだそうだ。

　そのとき側仕えから、リオノーラの予見のお陰で多くの命が救われたのだと教えられた。『予見の聖女様』の導きだと感謝され、小さな頃の自分は、自分の予見が誰かの役に立つのだと思って、目が見えなくなってしまった事実を何とか受け入れたのだった。

　その後、父王が暗殺される予見を視た後は、大切な情報を人伝えにしてはいけないと言われ、それからは手紙に詳細を書き、封蠟《ふうろう》をして国王親展で渡すようにと申しつけられた。

　目が見えなくなったリオノーラが、自筆で手紙を書くことは難しかったが、乳母のカリナの指導とリオノーラ自身の必死の努力の結果、なんとか読める程度の文字を書くことはできるようになった。

　その後、ミアが罫線に凹凸があれば、もっと書きやすくなるはずだと思いつき、王に頼んでリオノーラ専用の便せんを作ってもらった。そのお陰で知らない人から見ても、目の見えない人間が書いたとは気づかれない文字が書けるようになったのだ。

　当然、昨日の予見もその便せんを使い、手紙は封蠟にリオノーラ専用の印璽《いんじ》を押して、王宮にいる国王宛にすぐに送らせた。

　ようやく夢から完全に覚醒し、自分の現状を思い出したリオノーラは小さくため息をつく。

（結局……昨日の夜、イライアス様はいらっしゃらなかったな……）

初夜になったはずの日の翌朝。

寝室の夫側の扉は朝まで開くことなく、閉まったままだった。予見に疲れ、微熱を出していたリオノーラを気遣ってくれたのか、それともそもそも妻として求める気にもなれなかったのか……。

（きっと、後者ね……）

複雑な気持ちでベッドから起き上がろうとした時、控えめに向こうの部屋からノックの音がした。

「はい……起きております」

「少しだけ、よいだろうか……」

穏やかに掛けられた声はイライアスのものだった。

「ど、どうぞ」

驚き、緊張しつつ答えると、ゆっくりと扉の開く音がする。微かに感じるのは、この家の中ではなく、外から持ち込まれた朝露と緑の香り。

「昨日は申し訳ありませんでした。晩餐の後、王宮から呼び出しがあったのです……。貴女の予見について書いた書状を国王陛下が確認した後、私に隣国の情勢を聞きたいと」

それで遅くなったため、こちらの寝室には来られなかったのだ。そうわかった瞬間、肩の力がふっと抜けた。

「大切な、床入りの夜だったのに本当にすみません……」

それでも連絡ぐらいはできたのではないか。それともそもそも昨夜の外出も言い訳だったのかもしれない。それでも夫となった人が、自分の非をきちんと謝ってくれたことにホッとした。自らの負い目を誤魔化すために、相手を恫喝《どうかつ》したり怒りをぶつけたりする人間が夫でなくて安心した。

「いえ、よかったです……」

思わず言ってしまった台詞に、え、と小さく戸惑うような声が聞こえた。

「いえ、私のように醜い妻をもらって、初夜から顔も見たくないと思われたのかと思いました」

つい漏れてしまった本音に、彼がハッと息を吞む。

「……誰がそんなことを言うんですか」

微かな怒気を含んだ感情的な響きの声に、驚くと共にリオノーラの心は揺さぶられた。

「いえ、あの、たまに。……目も見えなくて閉じたままですし、姿も地味で美しくなく、変わり者の王女だと、ずっと言われてきましたから」

本当はもっと酷いことを言われてきた。けれどそんな言葉を自ら口にしたくなかった。するとと、彼女の言葉にふぅっと小さなイライアスのため息が重なる。

「なんてことを。あの……貴女の体に触れて構いませんか？」

「え？　……ええ」

こんな時間から、初夜のやり直しをするつもりなのだろうか、焦りながら答えるリオノーラの頬を、彼は少し冷えた手でそっと触れる。

「誰が何を言ったか知りませんが、貴女はけして醜くなんてありませんよ。目は閉じていても、綺麗な顔立ちをしていらっしゃると思います。仕草も品良く美しく、笑顔は優しい。……少なくとも、この家では貴女を悪く言うような愚かな侍女は置きません。貴女を傷つけるような何かがあれば、遠慮せず私に相談してください」

ぎこちない手が慰めるように髪を撫《な》でる。昨日までとの対応の違いに少々戸惑いを感じる。落ち込んだ様子を見せてしまった自分を心配してくれたのだろうか。

「ありがとうございます。こんな私でも、親切にしてくださって嬉しいです。イライアス様は、とても良い方ですのね」

久しぶりにミア以外の人に触れられて、嫌だと思わなかった。そのことになによりも安堵した。

「いえ、人として当然のことです。私は貴女の夫となったのですから」

あまりに開けっぴろげな態度を取ってしまったのだろうか。イライアスは一瞬たじろぐようにそう答えると、次の瞬間、小さく笑う。

「……リオノーラ様は不思議な方ですね。初めてお話しする方とは思えない」

手を繋ぐように、手に手が重ねられた。

「私は昨夜の騒動であまり眠れなかったせいで腹が減っています。もしよろしければ、ご一緒に朝食はいかがですか？」

初夜の晩の不安も、放置されたような寂しさも、柔らかい誘いの声に慰撫《いぶ》されるようだ。リオノーラは柔らかく笑みを浮かべ、素直に頷いていた。

「……よかった。今日の朝食は、この寝室の中庭で食べられるように用意させています。身支度だけ終えたら、お声がけください。私は隣の部屋にいますので……」

彼の声に頷くと、イライアスはゆっくりと夫婦の寝室を出て行く。その時にミアを呼んでくれたので、リオノーラはホッとしてミアの訪れを待ったのだった。

＊＊＊

朝食を食べた後、二人でゆっくりと庭園を散歩した。目が不自由なリオノーラのために、イライアスはずっと自分の腕に掴《つか》まらせ、彼女のゆっくりな歩調に合わせてくれた。

もちろんリオノーラは美しく植えられているであろう公爵邸の庭の樹木や花を見ることはできない。だが季節の植物や花の香り、緑の光を帯び柔らかく吹き抜ける風や、温かい日差しはリオノーラを十分楽しませてくれた。

――それに。

午前の時間をゆっくりと過ごしていると、お互い緊張がほぐれてきたようだ。リオノーラが頼むと、異国暮らしが長かったイライアスは、旅先での話をいろいろしてくれた。

「そうなのですよ。東の国では挨拶の仕方が違うのです。ですからそれが最初わからなかった私は笑われてしまいました」

イライアスの話に、リオノーラは自然と笑顔で相づちを打っていた。

（まるで文通をしていた時みたい……）

中には文通で聞いたことのある話も混ざっていた。だが文通をしていた相手が自分だと打ち明けていないリオノーラは、全ての話を初めて聞いたかのように耳を傾けた。

いや、彼の口から直接聞く方が、声の抑揚や微かな笑い声なども混じり、手紙よりもっともっと楽しく感じた。

「ふふふ、それは大変でしたのね」

今の話題は彼が学生時代に、東の国との交易に通訳として同行した時のことだ。

「国によって全く考え方が違いますからね。でもその経験のおかげで、学ぶことに余計に真剣になりました。そもそも外国の文化を理解してなければ、交渉の場に立つことも許されませんから」

外交官として異国で生活をしてきたイライアスは見識も広く、話題も豊富だ。如才ない対応はそうした経験で培ってきた賜物だろう。きっとその能力は彼の大きな武器になる。

社交界で強い影響力を持つ人間になるに違いない。

（それこそ、王家の正当な姫であるチェルシーが降嫁しても相応しいくらいの立場の人だ

わ。そんな人が私と結婚するなんて本当によかったのかしら……）

王女といっても低い身分の母を持ち、目が見えないという大きな瑕疵のある自分が、イライアスに相応しいとは到底思えない。それなのに想像していたよりずっと速い速度で、イライアスに惹《ひ》かれていく自分が恐ろしい。いや既に文通していた時から、彼に惹かれていたのかもしれない。

「さて、少し疲れたでしょう。一度部屋に戻られて、休憩されてはどうですか？」

楽しかったけれど、珍しく長い時間外にいて、少し疲れが出てきた時に声を掛けられた。夫となった人は、周りの人の機微に敏感でよく気づく人なのだ、とまた一つ印象が良くなる。そのままイライアスに部屋まで連れていかれ、リオノーラは彼の勧めで、少し部屋で休むことにした。

第二章　予見の姫は形だけの妻となる

こうしてリオノーラとイライアスの新婚生活が始まった。それは恋物語のように熱烈なものではなかったが、穏やかでお互いを尊重し合う関係になっていた。

そんなある日、イライアスがリオノーラに一通の招待状を持ってきた。

「これは、フィリップ殿下からの招待状です。一度私たち二人で王宮の殿下のところに遊びに来てほしいと……」

イライアスの言葉にリオノーラは小さく頷く。フィリップとは腹違いの兄妹であるが、彼は誰に対しても公平で、愛妾の娘で目が見えないという瑕疵のあるリオノーラにも態度を変えることがない。王宮の中ではリオノーラが信用できる数少ない身内だ。

「そうなんですね。イライアス様は、フィリップお兄様と仲が良いのでしたっけ」

「……その話をリオノーラ様にしたことがありましたか？」

不思議そうな彼の声にハッと気づく。それは文通していたときにイライアスの手紙に書かれていた話ではなかったか。

「いえ、フィリップお兄様から、イライアス様の話を聞いたことがあるので」

慌てて取り繕うと、彼はなるほど、と小さく呟《つぶや》いた。

「そんなわけで、五日後のお茶の時間、一緒に王宮にフィリップ殿下のところに伺いたいと思うのですが……」

その話に、リオノーラは笑顔で頷いた。


そして五日後。リオノーラはイライアスと共に、久しぶりに王宮内のフィリップが住む王太子宮を訪問し、兄と共にお茶の時間を過ごしていた。

「そうか、リオノーラは嫁いでからはあまり寝込んでいないのだな」

ホッとしたように言う兄に、リオノーラは笑顔で答える。

「はい、イライアス様が気遣ってくださって、公爵邸で穏やかな日々を過ごしています」

リオノーラの言葉にフィリップは小さく笑う。

「そうか。まだちょっとお互いに遠慮してそうだね。でも……きっとそのうち、上手くやれるようになるよ。私はリオノーラとイライアスとどっちもよく知っているから断言できる」

穏やかに言われて、夫婦の関係を深めることについて、焦らなくてもいいと言われたようで、リオノーラは少しホッとする。だがその時。

「イライアスが来ているんですって？　お兄様、なんで教えてくれないの？」

兄の許可もなく、勝手にティールームに入ってくるのはチェルシーだ。声だけで誰が来たのか判断したリオノーラは緊張する。控えていた侍女たちが、慌ててチェルシーの席を作るために右往左往している気配が伝わってくる。

「……ってなんでお姉様がいるの？」

多分、フィリップの隣に席が用意されたのであろう、机の向こうからチェルシーの声が聞こえた。

「そりゃ……私が、イライアスとその妻であるリオノーラをお茶に招待したからね。それに今日はチェルシーのことは呼んでいないのだが？」

無作法な妹の態度を不快に思ったのか、少しだけ強ばった声でフィリップは答える。だが兄の苦言をあえて無視し、チェルシーは明るい声をイライアスに向けた。

「イライアス、また今夜、お会いできるかと思っていましたけど、日中にもお会いできて嬉しいですわ」

リオノーラは先ほどまでの穏やかな気持ちが、急に陰ってしまったような心地になった。

「……そうですね。私もチェルシー様にお会いできて嬉しいです」

儀礼的な挨拶だと思う一方で、イライアスはこんな状況でもチェルシーに会えたことが嬉しいと思っているのだろうか、とさらに気持ちが落ち込む。

「今日の夜は、ブライアント公爵令嬢が、あの噂の男性を連れてくるそうですよ」

そこから始まったチェルシーとイライアスの会話は、リオノーラが知らない社交界の噂話ばかりだ。リオノーラはいつものように、音も立てず静かに二人の会話を聞いている。だがそうしている間に予見が起きる直前にある、目眩のような感覚に眉を顰めた。

「――っ」

ぎゅっと持っていたハンカチを握りしめ、予見の始まりに備える。

「……リオノーラ？」

「リオノーラ様、大丈夫ですか？」

リオノーラの様子が変わったことに気づき、声を掛けてくれた兄と夫に、大丈夫と小さな声で返し、頭の中に浮かぶ映像を確認する。

予見は王宮内の王の執務室のようだった。そこにいたのはリオノーラの父である王と、兄フィリップ王太子。何を会話しているのかわからないが、言い争っているようにみえる。だが突如部屋に現れた護衛騎士らしき男たちにフィリップは手荒に捉えられ、拘束される……。

途切れ途切れになる映像。兄が幽閉されている姿、父が誰かにサファーシス王の象徴である指輪を渡しているシーン。だがその人物の顔を確認する前に映像は止まる。

いくつもの場面が重なり合うように浮かび、その間にリオノーラの意識は朦朧《もうろう》としてくる。

「……また聖女のふり？」

冷たく吐き捨てるようなチェルシーの声が聞こえる。

「イライアス、お姉様はいつもこうやって、みんなの注目を集めようとするんです」

打って変わって残念そうな声を上げて、チェルシーはイライアスの関心を引こうとしているのだろうか。だがイライアスは目の前で自分の妻が倒れそうになっていることの方が心配だというように、リオノーラを抱き寄せて、看病するように優しく背中を撫でた。

「リオノーラ様、大丈夫ですか？」

「リオノーラ、予見かい？　今回は何を……視たんだ？」

心配そうに尋ねてくる優しい兄の声が聞こえる。瞬間、先ほどの父が一方的に拘束し幽閉した光景が思い出された。

（この予見、どうしたらいいのだろう。……このままお父様に伝えたら、お兄様に悪いことにならないかしら）

「あの、今日は具体的に……視えなくて何も……」

父に伝えなければいけないと思う一方で、兄のことを考えると、どうしていいのかわからなくなり、咄嗟にそう言い繕う。その横で『ハッ』と吐き捨てるようなチェルシーの息使いをリオノーラの敏感な聴覚は聞き取っていた。

「本当に……お姉様には困ったものね。私とイライアスが仲良くしているのを妬んで、こんな嘘の予見騒動を起こすのだから」

チェルシーの毒々しい言葉に、リオノーラはぎゅっと身を竦《すく》ませた。その様子を感じ取ったのか、イライアスが声を上げた。

「すみません。リオノーラ様を少し休ませてあげたいのですが……どちらかの部屋を貸していただいてもよろしいでしょうか」

イライアスの言葉に、フィリップも頷く。

「ああ、気づかなくてすまない。今すぐベッドのある客間を用意させる。イライアスはどうする？」

「もちろん、私もリオノーラ様のおそばに参ります。申し訳ありませんが、退室させていただいても？」

躊躇《ちゅうちょ》なくリオノーラと一緒にいることを選んだイライアスに、チェルシーが何かを言い掛けたが、周りの関心が自分にないと気づいたのか、言葉を止めた。

イライアスに抱きかかえられ、ティールームを出て行くリオノーラの耳に、兄と妹の会話が聞こえる。

「イライアスだけでも、残ったら良いのに。お姉様は一人で寝ていたら良くなるのでしょう？」

「イライアスはリオノーラの夫だよ。妻が倒れたんだ。寄り添いたいのは当然だろう？」

苛立たしげなチェルシーの様子に、胸がぎゅっと締め付けられるように感じながら、それ以上に先ほどの予見の内容が不安でリオノーラはイライアスの手を強く握りしめていた。

「こちらです……」

王太子付の侍女に案内され、リオノーラは用意されたベッドに横になる。イライアスは世話をしようとしていた侍女に外で待つように言うと、横になったリオノーラの耳元に顔を寄せて、小さな声で尋ねた。

「リオノーラ様、何をご覧になったんですか？」

問う言葉に、思わずひゅっと息を呑んでしまった。

「……何も、視ていません」

慌てて答えるとイライアスはそっとリオノーラの手を握り、ぽんぽんと叩く。

「大丈夫です。私は誰よりも妻である貴女の味方ですから。……信じてください」

もしイライアスのことを政略結婚しただけの相手だと思えば、リオノーラは何も言わなかっただろう。だが、長い間文通を続けていたため、イライアスが何を考え、どう振舞ってきたのか、どういう男性なのかリオノーラにはよくわかっていた。

（フィリップお兄様とも親しくて、サファーシス王国への愛国心も強い方だから……）

「私はサファーシスのことも、周りの諸外国の事情にも通じている人間だと思います。リオノーラ様の大切なものを守るため、予見のことを話してもらえませんか？」

手を握りしめ真摯に伝えるその様子に、リオノーラはどうしたらいいのか、判断に迷い不安だった気持ちがほんの少し落ち着いた。

「先ほどの様子ですと、何か予見を視られたけれど、陛下にそれをお伝えするのを躊躇《ためら》われる内容だったのではないのですか？」

優しい口調だが容赦ないイライアスの的確な指摘に息を呑む。だが、イライアスはそんなリオノーラの手をもう一度握りしめ、柔らかく彼の思いを伝えた。

「リオノーラ様のお気持ちを聞いた上で、手助けをさせていただきます。私は……貴女の夫ですから」

その言葉にリオノーラはふっと肩の力が抜けた。そうだ、どちらにせよフィリップは間違いなくサファーシスの今後に必要な人間なのだ。そしてリオノーラがこのことを胸に秘めていては、兄を守ることもできないのだから。

「あの……曖昧にしか視られていないのですが。それでも……私を助ける知恵を貸してくださいますか？」

ゆっくりとベッドから身を起こそうとするリオノーラの背中を支えて、イライアスは頷く。

「ええ、もちろん」

そしてリオノーラは先ほどの予見の内容と、何故父王に伝えない方がいいと判断したのかを伝えた。

「……確かに、その予見を伝えれば国王陛下はフィリップ殿下を警戒されるかもしれません。それにフィリップ殿下以外の、誰だかわからない人物に、指輪を渡すというのも穏やかな状況ではありません……」

イライアスはリオノーラを安心させるように、もう一度柔らかく手の甲を撫でる。

「そもそも予見というのはどういうものなのですか?」

改めて尋ねられた言葉にリオノーラは、はっきりとわからない部分もあるが、できる限りの説明をした。

「つまり、予見の内容はこれから起こる可能性のある未来で、事前にそれを知ることで予見された未来を変えることもできる、ということなのですね」

「ええ、そのようです。私自身が未来を変えたことはないのでわからないのですが。以前お父様の暗殺に関する謀も、予見をお伝えしたことで未然に防げたと聞いておりますから」

リオノーラの言葉にイライアスは頷く。

「では国王陛下とフィリップ殿下の間で発生した何かしらの誤解や不和を予見した未来が起こりうるのであれば、その理由を排除すれば良いことになりますね」

イライアスが落ち着いて話しているのを聞いて、リオノーラはホッと安堵の息をついた。

「ご安心ください。フィリップ殿下は優秀で未来の国王に相応しい方です。それに私にとっても大切な友人でもあります。フィリップ殿下を守り、サファーシスの平穏を守るために、私はできる限りの努力をしますから」

イライアスはそう断言すると、そっとリオノーラの額を撫でる。

「では少しお休みください。予見の後はかなり疲弊すると伺っていますから」

彼の優しい手がリオノーラの頭を撫でてくれる。その心地よさと、心配事をイライアスに預けた安心感から、リオノーラは少しの間、仮眠を取ることができたのだった。

予見の内容を父王以外に知らせたことは初めてだった。おかげで少しずつイライアスとの間に信頼関係が築けていると思っているリオノーラだが、一つだけ気に掛かっていることがあった。

「申し訳ない。このところ仕事が忙しくて……今夜も遅くなりそうです」

それだけ言うと、そそくさとイライアスは寝室を出て行ってしまう。

今のところ、すれ違ってしまった初夜から一度も、二人の間に夫婦としての閨《ねや》の実態はない。

(やっぱり私に問題があるんだわ……)

兄フィリップスに言われたような関係を築けると思っていた分、その後の夫のそっけない態度に心が痛む。

「……久しぶりにカードを取ってきましょうか?」

悩んでいることに気づいているらしい。気分転換に占いはどうだとミアが勧めてくれる。リオノーラはカード占いが得意だ。カリナが目の見えないリオノーラでも使える、触れることでマークがわかるカードを探してきてくれてから、カード占いはリオノーラの数少ない趣味となっている。

「……ありがとう。でも……今日はいいわ」

「まったく旦那様にも困ったものですね」

こんな時のミアはリオノーラの気持ちを引き立てるためにも誰に対しても容赦がない。

「仕事の調整をしてでも、新婚の妻の点数を稼がないと。そういうところが朴念仁《ぼくねんじん》というか、残念なところですよね。まあ今は国内もいろいろ騒がしいようですから……。イライアス様は執務に長けている分、お忙しいのでしょうね」

「……そうね。大丈夫、わかっているわ」

その言葉の割に、力のない笑みを浮かべたリオノーラを見て、ミアはそれ以上何も言えなくなってしまう。だがその時慌ただしくリオノーラの部屋のドアがノックされた。

「騒がしいですよ。……どうかしましたか？」

ミアがドアの前で対応している。何回か言葉を交わした後、珍しくカッカッと靴音高くミアがリオノーラの方に歩いてきた。

「……なにかあったの？」

「ええ。チェルシー様がご友人を連れて、こちらにいらしたそうです」

その言葉に、リオノーラは声を失った。

「仮にも王女殿下のご来訪ですから、イライアス様がいないのであれば、リオノーラ様が公爵夫人として、応対しなければなりません。お約束もなく、突然ご友人を連れてくるなんて非常識すぎますが……」

ため息をつきながらも、周りの侍女たちに的確に指示を出している辺り、ミアは頼りになる。

「……リオノーラ様、お召し替えをいたしましょう」

「……え？　今すぐチェルシーたちの応対をしないといけないのでは？」

「突然訪問してきた方が悪いのです。とはいえ礼を失するわけにもいきませんから、イライアス様が用意してくださったドレスに着替えて行きましょう」

その一声で待ち構えていた侍女たちにより、リオノーラはミアが選んだドレスに着替えさせられることになった。

「ドレスはこちらでよろしいでしょう。リオノーラ様の髪色に合わせて、ローズカラーの華やかなドレスです」

何故か自慢げに言われ、着せられたドレスの腰の辺りにリオノーラが触れると、艶やかでとろりとした絹織りの見事な触り心地に、思わず息を呑む。

「最高級の絹が使われていて、最新のカットとドレープを出す繊細な仕立てのドレスですから、チェルシー王女の着るドレスにも引けは取りませんよ」

その後しっかりと化粧をされ、貴婦人らしく髪まで繊細に結い上げて、用意されたアクセサリーまでつけると、公爵家の侍女たちもうっとりとしてため息を零した。

「奥様、とてもお美しいです」

「旦那様は、奥様のためにこのような素晴らしい衣装を用意されていたのですね。本当にお似合いです」

「普段は質素にしていらっしゃいますが、こうした衣装を整えられると、さすが王家から降嫁された姫君ですわ。まとっている気品が違います」

口々に褒められて、なんだか落ち着かない気分になる。その後ミアに促されてチェルシーたちが待つ客間に向かう。

「チェルシー王女殿下、ようこそエリスバード公爵邸にお越しくださいました」

入り口で挨拶をすると、それまでキャアキャアと姦《かしま》しいくらい賑やかだった嬌声《きょうせい》が止んだ。

じっと向けられる視線をいくつも感じる。それはリオノーラの美しいドレスや、豪奢《ごうしゃ》なアクセサリーにより一層反応しているようだった。微かに誰かが舌打ちのような音を立てて、慌ててそれを誤魔化すように、笑いさざめく。

「あらお姉様、ずいぶんと準備に時間が掛かったんですね」

待たされたことが不服なのだろう、ムッとしたような声を上げるのはチェルシーだ。

「ええ、申し訳ありません。突然王女殿下がお寄りくださったと聞いたので、慌てて準備をしてまいりました」

声が聞こえる方に会釈をすると、クスクスといくつもの笑い声が聞こえた。

「……準備したって……自分でどんな服装をしていらっしゃるかもわかってないのに」

ぽそりと小声で囁き合う声がリオノーラの耳に届く。チェルシーの取り巻き令嬢の意地悪い台詞を、リオノーラは王宮にいた時のように無視した。

「お姉様は、結婚されても全然変わりませんのね。素敵な旦那様に愛されたら新妻らしく、いろいろと雰囲気が変わるかなと思ったのですけど」

「本来なら新婚夫婦ですもの。もっといろいろと、ねえ」

「そういえば、イライアス様と並んでいる姿も見たことないですし……」

「確かにご夫婦としての印象はまるでありませんね」

「イライアス様は毎晩出歩いていて、リオノーラ様とは夫婦の実態がないから、だと伺いましたけど？」

どうやらチェルシーはわざわざ取り巻きを引き連れて、公爵邸まで姉を馬鹿にするためにやってきたらしい。

「でも、さすがエリスバード公爵家です。こちらのお部屋もとても素敵な内装で、お茶もお菓子も大変に美味で……」

「ええ、こちらのお茶なんて、本当に綺麗なルビー色で。お茶を淹《い》れる侍女の質も高いのですね。窓から見えるお庭も本当に見事で……。公爵夫人となったら、こんな素晴らしい景色を楽しむことができるんですね……」

「あら……それは……」

「そうだわ。リオノーラ様はお見えにならないんでしたね。失礼いたしました」

クスクスと嘲笑混じりの不快な会話に、リオノーラは諦めきったようにため息を漏らす。

「今日はどういったご用件で、こちらに？」

気分を害したままで平坦《へいたん》な声で尋ねると、怖ーい、と言う声がさざ波のように客間に広がった。

「あらいやだ。結婚してからお姉様がお寂しくすごしていらっしゃるのではないかと心配になってきたのです。旦那様の夜の訪れもないと社交界で噂になっていましたから」

くすりと笑みを含んだ声に、チェルシー自身がその噂を広げて回っているのだろうと思う。だがリオノーラとイライアスの夫婦関係の詳細まで、王宮にいるチェルシーがなぜ知っているのだろうか。まさかイライアスがチェルシーに話したのか。そう想像してチクリと胸が痛んだ。

「……夫が忙しいのは存じております。イライアス様は優しい方ですのでご心配には及びません」

だがそんな心の葛藤を見せずに、あえて笑顔を見せて答えると、またあちこちから笑い声が響く。

「毎晩イライアス様が遅くまで屋敷に戻らない理由をご存じですの？」

「ふふふ。イライアス様はこのところ、毎晩、深夜遅くまで王宮でのパーティに参加していらっしゃるんですのよ。それなのに屋敷で寂しく毎晩留守番をしている新妻のリオノーラ様は余裕たっぷりですのね」

「そうそう、イライアス様は毎晩のようにチェルシー様のところにいらして、長いことお話をされていらっしゃるの。もう結婚されているから、チェルシー様のことがお好きでもどうしようもないのに」

「でも、政略結婚ですし、心の中で他に好きな人がいることぐらいは仕方ないことですわ」

「いろいろと噂の多い第一王女を妻として引き受けざるをえなかったんですもの。明るく社交的で美しい第二王女チェルシー様との会話の時間を楽しまれるくらいは、ねえ……」

わざとらしい会話の一つ一つの言葉が鋭い刺のようにリオノーラの心を痛めつける。

(今までだって、散々されてきているじゃない……)

聞き流せばいいだけ。最初から愛されて結婚したわけでないことはよくわかっている。年頃の令嬢たちのように、華やかでも可愛らしくもない自分に、イライアスは過ぎた夫だと言われなくても理解している。

それでもチクチクと胸は痛む。一度も閨に訪れてすらいない夫なのだ。義理で『忌婚』を請け負っただけなのだ。手紙だって、チェルシー相手だから、あんなに温かい内容だったに違いないのだから。

だが千々に乱れる感情を抑え込んでいるリオノーラの前で、チェルシーは勝ち誇ったように華やかな笑い声を上げる。

「そんな……私も困りますわ。確かにイライアスは素敵な方ですけども、一応姉の夫ですし……」

「でもぉ。イライアス様は、チェルシー様と長いこと文通もされていらしたとか……」

太鼓持ちのように、チェルシーを持ち上げる令嬢の言葉に、一瞬不満げにチェルシーが鼻を鳴らした。

「あ、あの。私、リオノーラ様を長いことお待ちしていたので、喉が渇いてしまったわ。お茶を入れ直してもらえないかしら」

　何故か急に機嫌が悪くなったチェルシーの顔色を窺《うかが》うように、その令嬢は慌てて声を上げる。ミアがそれに素早く対応しているようだ。そうしながらミアは一瞬だけリオノーラの腕に柔らかく触れる。

（嫌であれば、早めに切り上げるように仕向けてくれるつもりなのね……）

　どうしようか思案した瞬間、カタンと机のティーソーサーにカップを戻す音がして、チェルシーが立ち上がる気配がする。

「お姉様がなかなかいらしてくれないから、ずいぶんと長居をしてしまったわ。今日の夜も宴があるの。そろそろ帰って支度をしないと」

「ええ、ええ。リオノーラ様がいらっしゃるのに時間が掛かったから仕方ありませんわよね」

　その言葉に慌てて、全員が立ち上がる気配がする。リオノーラはようやく嫌な時間が終わると思い、ホッとしながら立ち上がった。

「今日はおいでいただき、ありがとうございました。またこちらに寄られる際には、先触れをいただけますか？　……お待たせするのは心苦しいですから」

　にこりと笑みを浮かべて、チェルシーたちをけん制する。だが、懲りていない取り巻きたちは、自分たちよりずっと高い地位にいるリオノーラ相手でも、礼儀を尽くすことをしなかった。

「今日のパーティでも、イライアス様はきっとチェルシー様のところにいらっしゃいますわね。もちろん、チェルシー様のところに集まる男性貴族たちは数知れませんけれど。早く戻られて、いつも通りお美しい姿を見せてくださいませ」

「ええわかったわ……そういえば」

取り巻きにそう答えると、入り口でお客様を見送ろうとしていたリオノーラに近づき、耳元で小さな声で囁く。

「……ねえ、お姉様。イライアスは嘘つきが世界で一番嫌いだそうよ。……貴女の嘘を知ったらどう思うのかしら」

誰にも聞こえていないであろう言葉の意味を、リオノーラだけは正しく理解していた。

（イライアス様との文通のことを、言っているのね……）

「それではお姉様。イライアスと仲良くできるようになるといいですわね」

思わず動きを止めたリオノーラに追い打ちをかけるように、『夫に放置されて可哀想ね』と呟く。言いたいことだけ言うとチェルシーは、取り巻きたちを従えて部屋を出て行った。最後までリオノーラに対して礼を失した態度を崩さない様子に、公爵家の侍女たちも驚きを隠せないようだ。

「……ごめんなさい。今日はいろいろと慌ただしくて……」

申し訳なくて準備を整えてくれた侍女たちに声をかけると、侍女長のパトリシアが柔らかい声で答える。

「いえ、リオノーラ様は一つも悪くありません。まあ正直……第二王女殿下の天衣無縫ぶりには少々驚かせていただきました……。ですが、イライアス様のお相手が第二王女殿下ではなく、リオノーラ様で本当によろしかったと、私、そう心から思いました」

どこか笑みを含んだような声で言われたことに、リオノーラは心から驚愕《きょうがく》する。

「あの……私の方が、よかった？」

「まあ。パトリシア様は確かな目をお持ちですね……私もずっと、私の主人がリオノーラ様で本当によかった、とそう思っておりました」

リオノーラの問いにパトリシアが答えるより前に、元気なミアが応え、リオノーラの落ち込みそうになっていた気持ちが少しだけ引き立てられた。

「少なくともリオノーラ様は訪問された先で、あのような態度は取られないと確信しておりますから。……いえ、急な来訪者でお疲れになったでしょう？　お部屋に戻られて、少し楽な服に着替えをされてはいかがでしょう。その格好では落ち着かないのでは？」

パトリシアの声に、侍女たちが嵐のようなお茶会のかたづけに動き始め、リオノーラはミアの案内で自室に戻る。部屋着に着替えソファーに座っていると、改めてお茶の準備が始まる。どうやら疲れているリオノーラを気遣って鎮静効果のあるハーブティーが淹れられているようだ。柔らかい香りが部屋を満たしていき、リオノーラはホッと息をつく。

「でも、チェルシーはなんで急に公爵邸まで来たのかしら……」

ため息交じりにリオノーラが呟くと、ミアが隣に立って、固い声でリオノーラに言った。

「多分、リオノーラ様にいろいろ意地悪を言いに来たかったのでしょう。どうもチェルシー様は、リオノーラ様を下に見たい、という暗い欲望に囚われている気がします」

そう言うと、ミアは小さく笑った。

「ですがエリスバード公爵家は名門で、領地は豊かで栄えています。次期当主のイライアス様は将来有望ですし、世間からの評判もいい。そういう意味では王女の降嫁先としては最良です。平たく言えば、チェルシー様は、下に見ていたリオノーラ様が良い嫁ぎ先に降嫁されたのがうらやましいのでしょう」

「そうかしら……」

その言葉にリオノーラは首を傾げてしまう。イライアスはチェルシーがお気に入りで、毎晩彼女の元に通っているらしいし、きっと立場も美貌もチェルシーの方がイライアスに相応しいのだろう。なのに形だけの妻の何が羨ましいのか。

(それに……私はイライアス様に嘘をついているから)

きっと手紙のことが知られれば、わずかな信頼すら失われてしまう。公爵邸に到着した翌日、散歩した時の温かいイライアスの声を思い出し、胸がぎゅっと痛くなる。

(別に女性として愛されなくてもいい。手紙を交換していた時みたいに、お互いを思いやる穏やかな関係が築けたらそれで十分……)

そのためには、手紙のことは知られてはいけないと、リオノーラはきゅっと唇を噛《か》みしめて、自分に言い聞かせたのだった。

第三章　忌婚公爵は真実を知る

エリスバード公爵嫡男イライアスがリオノーラ王女と結婚する三ヶ月前。

イライアスは公爵邸を出てからの十年の間、隣国ガラーシア皇国にある貴族のための高等学院で各国の歴史や文化、言語を学び、そのままガラーシアでサファーシスの外交官としての仕事を続けてきた。そんな彼がようやく国王の声掛かりで帰国すると、母国で彼を待っていたのは望まない縁談話だった。

「今こそ、『忌婚公爵』としての役割を果たせ、と国王陛下はおっしゃるのだな……」

イライアスは、艶やかな漆黒の髪をくしゃりとかき上げて、青い空を見上げ、深いため息をつく。

文官である彼の髪型は軍人のそれよりは長く整えられているが、結ぶほどの長さはない。瞳は五月の樹木のような新緑の色だ。眉目秀麗な姿は女性の関心を集めるのに十分である。

エリスバード公爵家は、サファーシス王国では五指にはいる名門公爵家だ。優秀な文官を多く輩出しており、現在の公爵当主は大臣職を担っている。また国内では最も王室との婚姻が多いので、王室との血縁関係が深い一門でもある。

そんなエリスバード家には、裏で囁かれる名がある。それが『忌婚公爵』という二つ名だ。

「リオノーラ姫との結婚を私が引き受けることになるとは……」

もちろんサファーシス王国に戻るように言われた時に、身を固める話が出ることは覚悟していた。だが国王に命じられたその婚姻の相手が、第一王女リオノーラだと父から聞いた時、彼は非常に複雑な気持ちになった。

リオノーラは、現サファーシス国王グレイアムの第一王女であり、世間には公にされていないが、予見の力を持っている王女である。

特殊な能力を授かる王室の血族の中でも、彼女の霊力は特別に高く、未来を視通せる目を持っているらしい。だが、その事実は王女の命を暗殺者などから守るため、王宮と政治と深く関わるエリスバード公爵家など一部の貴族以外には秘匿されている。

（だが視力を失って、未来を視通す目を持つことになるとは皮肉なことだな……）

能力に目覚めた時から、ずっと彼女の目は閉じたままで、開くことはないのだという。

予見の聖女になるのは、国にとっては有益でも、本人にとっては不幸だっただろう。そしてイライアスにとっても……。

様々な能力と引き換えに瑕疵をもった王女たちを、妻として引き受けるのがエリスバード公爵家だ。聖女姫を受け入れ続けた結果、皮肉なことにエリスバード公爵家は王家と血筋が近い家柄となり、サファーシス王国で最も高位な一族となっている。

リオノーラが予見の能力と引き換えに、視力を失ったと知った時から、イライアスは将来的に、自分がその盲目の王女と結婚する可能性がある、と親から言い聞かされていた。そのリオノーラは偏屈な姫君として社交界では有名だった。能力のことは伏せられた上、盲目な上に体が弱いのではなく奇矯で外に出せない姫なのだ、とずっとそう噂されている。

（もし噂が本当で、そんな難しい気性の姫を娶ると思うと、正直気が重い）

貴族にとって政略結婚は当然あり得る選択肢だ。しかし彼をより複雑な気持ちにさせるのは、彼の思い人がリオノーラの妹姫、チェルシーであることだ。彼はそっと自室の机の文箱を開け一番上の手紙を手に取る。

それは彼女からもらった最後の手紙だ。

イライアス・エリスバード様
広い世界を自由に羽ばたいていた鳥が、故郷に戻る時はどんなことを考えるのでしょうか？
今まで外の世界を見たことのない私は、知ることのない様々な光景をイライアス様のお手紙で知り、想像すると胸がわくわくいたしました。世界を旅しているような気持ちにさせていただきました。それは私にとって、とても幸せな経験でした。
外国での執務の経験を生かし、今後もサファーシス王国にとって、また王民にとって、イライアス様が素晴らしい政治をされることと期待しております。

長い間、行儀見習いの文通にお付き合いいただきまして、本当にありがとうございました。私にとってイライアス様との文通は、かけがいのないとても楽しい時間でした。

チェルシー・ラウド・セシ・サファーシス

最初、第二王女チェルシーの行儀見習いの一環で、文通の相手をせよと命じられた時はなんと面倒なことをと思った。だが故郷を離れた外国での生活のなかで、気づけばチェルシーとの文通はイライアスにとって心の支えになっていった。

気遣いある優しい言葉に、季節に応じた情緒溢《あふ》れる文章。温かく気品ある人柄が伝わってくるような手紙の数々に、仄《ほの》かな想いを募らせていたのだが……。

（よりにもよって、チェルシー王女ではなくその姉との縁談とは……）

その後、帰国を祝って招かれた王族主催のパーティには、いつも通り第一王女は出席していなかった。

（リオノーラ姫は私に会いたくないか、誰かが会わせたくないかどちらかだろうな。どちらにせよ、私の婚約者に碌《ろく》な評判は聞かない）

パーティは失礼のない程度に顔を出せば、あとは翌日の執務を理由に早めに帰ればよい。その前にチェルシー王女と会えると良いのだが、と密かに思っていると、第二王女と王太子が出座することになり、帰国を報告するために御前に出るようにとのお達しがあった。

「まあ……イライアス、顔を上げてくださいませ」

二人が座る席の前で跪《ひざまず》くと、第二王女はわざわざ立ち上がり、イライアスに声を掛けてきた。

帰国後、国王に挨拶に出向いた時に、一度チェルシーには会っている。だがその時彼女とは挨拶だけで個人的に会話を交わす機会はなかった。だが十年ぶりに姿を見たチェルシーは、幼い子どもの姿から、華やかで美しい淑女に成長していて、非常に驚いたのも確かだ。

チェルシーはイライアスを見ると恥ずかしげに視線を落とし、それからゆっくりと瞬きをすると、彼を見上げにっこりと微笑む。

「本当にイライアスはすごく素敵になられたんですね。また近いうちにチェルシーのためにお時間を割いていただけますか。個人的にゆっくりとお話したいです。外国のお話も聞かせてくだささい」

胸の前で両手を合わせるような愛らしい仕草をして、じぃっと潤んだ瞳でこちらを見上げる。手紙では落ち着いた人柄だと思っていたが、こんな子どもっぽい部分もあるのだな、と意外に感じる。

「そうですね、機会があれば……。リオノーラ様も当家に輿入れされますし、公爵邸に来てくだされば姉妹でお話をされる機会もあるでしょうから、その時には顔を出させていただきます」

そう答えると何故かチェルシーは引きつった表情をし、慌てて取り繕うように笑みを浮かべ、無邪気にイライアスに言葉を返す。

「まあ、エリスバード公爵邸に伺っても良いのですか？」

「ええ、もちろん。歓迎いたしますよ」

「ではぜひ。お邪魔させていただきますわ」

軽やかな印象は若干の軽薄さを感じさせた。同じ軽やかさでも温かな言葉で溢れていた手紙との違和感に少し不思議な気持ちになった。

「それに今日は本来なら姉もご挨拶しなければいけないところなのに、失礼をして申し訳ございません」

続けてチェルシーはイライアスを見上げると、申し訳なさそうに頭を下げる。

「いえ、リオノーラ様は体が弱いと伺っております。無理はされない方がいいでしょう。体調が回復されればお見舞いにも伺えればと考えています」

イライアスの言葉に、チェルシーは口元に手を当てて、首を傾げ小さく吐息を漏らす。

「姉の病気には……本当に困っているのです」

「困っている？」

病気に困るとはどういうことなのか。王女に悲しそうな顔で見上げられれば、話に乗らざるを得ない。正直結婚に関してはあまり前向きではないのだ。これ以上良くない情報を聞きたくないと思いながら、どのようなことですか、と尋ねる。するとはっきりと言わないまでも、リオノーラの淑女としてはいささか問題のある行動についてあれこれ話し始めた。

曰く、王族の義務として必要な社交も拒否し、気に入らない人間にはわざと脅すような予見に似せたことを言って怖がらせたり、何か一言苦言を呈せば、盲目の自分を苛めるのかと、泣きわめいたりするらしい。侍女たちも第一王女の我儘に付き合い切れず、リオノーラのところには寄りつかないのだという。

こうした式典に出席しないのも我儘の一環で、病気と言っているのも気の病だとやんわりと告げられる。

「お力の話は秘されていて、宮中でも一部の人しか知らないと聞いていたのですが……」

思わず辺りを窺い、小声で尋ね返してしまう。

「そうですね。でも誰かに止められなければ、姉は自分から周りに話してしまうのです。それも大きな声で感情的にわめき立てるように。……今のところ姉は宮中から外にほとんど出ませんから、話も王宮内で収まっているようですが」

チェルシーの言葉に思わず眉を顰めてしまう。国王の指示に従わず、自ら予見について触れ回っているようならば、確かに問題が多い女性かも知れない。

「イライアスのように優秀な方が、お姉様のような気難しい女性を娶らないとならない、というのが私には不憫《ふびん》に思えて仕方ないのです。……もし、イライアスが望むなら……」

そう言うと言葉を切り、じっと切なげな瞳でイライアスを見つめる。そんな風に視線を向けられると、文通をしていた時の好意がふと胸に湧き上がる。

「ありがとうございます。ですが、私は国王陛下の忠実な僕です。国王陛下の繋いでくださったご縁であれば、大切にしたいと思います」

柔らかく微笑み、言外にリオノーラ以外との縁談はあり得ないというように言葉を返すと、チェルシー王女はふるふると顔を横に振った。

「可哀想なイライアス……」

だが二人の会話に興味をもち、さりげなく近づいてきた貴族たちの姿に気づき、イライアスはチェルシーから距離を取る。

「いろいろお気遣いいただきましてありがとうございました。それでは他にも挨拶をしなければいけない方々がおりますので、御前を失礼させていただきます」

優雅に礼をすると、イライアスはまだ引き留めたげなチェルシーの前を辞し、近くで側近と談笑していたフィリップ王太子の元に向かった。

「イライアス、久しぶりだな」

近づいてきた彼を見て、フィリップが声を上げる。彼はチェルシーの兄にあたり、イライアスは年の近い高位貴族として、王太子とは幼いころから付き合いがある。王太子にとってもイライアスは数少ない友人のような存在だと言えるだろう。今日の最大の目的はこの王太子に会うことだった。

「お久しぶりでございます。フィリップ殿下」

フィリップは顔立ちもチェルシーとよく似ている。だが久しぶりに会った今日の彼の表情は、どこか物憂げだった。

「すこし……よろしいですか？」

そう言うと、最低限の護衛だけを連れたフィリップにバルコニーまで連れ出された。

「どうした。何か話したいことでもあるのか？」

その言葉にイライアスは頷き、他に聞こえないように小声で尋ねる。

「サファーシスの国力は国外から話を聞いていた限り、さほど変わっていないようでしたのに、今回、王都に戻る道で実際私が見かけた町や農村は、ありえないほど荒れ果てていました。この国で今、何が起こっているのですか？」

イライアスの言葉に、フィリップは顔を歪《ゆが》めた。

「父上が……リオノーラの予見を元に、横暴な政治を行っているせいだ」

王太子の返答を聞いてイライアスは眉を顰める。

「それほどまでにリオノーラ様の予見はすごいのですか？」

「……かつては。だがここ数年はめっきりと能力に陰りが見えてきた。そのせいで、国力も落ち始めている。イライアスが見てきたとおりだ。だからこそ父上は新しい聖女を望んで、リオノーラをイライアスに降嫁させることにしたのだ」

「そんな予見頼みのような政治を行うなんて……」

「父も一時の盛りはもう過ぎた。ここからは老いて愚かになっていく一方なのかもしれない」

「でしたら、貴方が……」

「私には……父は止められない」

父王グレイアムは認めていないが、イライアスは共に教育を受けたフィリップが、有能な後継者であることを知っている。だが積極的に国のために働きかけようとしないフィリップの弱気な言葉に微かな苛立ちを感じる。だが口元まで出そうになった世代交代を促すような言葉は、さすがに発することはできなかった。


そして気鬱を抱えたまま迎えた輿入れ当日。

体調を崩していたのは本当だったのか、結局イライアスが妻となる女性に会えたのは降嫁する当日だった。しかもリオノーラ自身の希望で、結婚にあたって、結婚式も披露の宴も開かないのだという。

（かなりの変人とは聞いたが、やはりそうなのか）

正直自分にとって望んで結ぶ婚姻ではないのだ。幸せな新婚夫婦として披露宴で貴族たちに挨拶するのは苦痛かも知れない。そう思えば婚礼に関する儀式なしに結婚するのは悪くない。それでも第一王女を妻として受け入れ、国王の望むように、そして貴族の義務として、リオノーラとの間に子をもうけなければならないだろう。

（つまり好いてもいない女性を妻として抱かなければならない、ということか……）

そんな絶望的な気持ちで、公爵邸の馬車回しの場所まで迎えに出る。侍女に手を引かれ降りてきたのは、感情的に暴れ回る気性の激しい女性という噂とはほど遠い、触れれば折れそうなほど細い、小柄で華奢な女性だった。

「お手数をおかけして申し訳ございません」

自分の元に降嫁する王女を出迎えただけなのに、そう言って彼女は頭を下げた。柔らかく鈴を鳴らすような声。心地よい響きと穏やかな口調に一瞬目を見開く。

その上誘導する侍女から離れて、一人でも何も問題ないように歩き、自然にイライアスの前に立った。

何故こんな大人しそうな姫君を、社交界では『ご乱心姫だ、奇矯王女だ』と言ったのだろう。それどころか王女として育ってきたにしては謙虚すぎる。だが王女としては強さの足りない振る舞いも、公爵夫人として考えれば、何の過不足もなく理想的だ。

そう判断するとイライアスは冷静さを取り戻し、彼女を屋敷に案内しようとする。

だが次の瞬間、後ろから微かに息を呑むような音が聞こえ、イライアスは咄嗟に振り返る。手袋をした手で顔を覆い、膝から崩れるリオノーラの体を咄嗟に支え、それでも力なく地面まで崩れ落ちそうだったので抱き上げた。

（……この人は、何を食べて生きているのだ？）

まるで小鳥を抱きかかえているように軽い。真っ青な顔をしてカタカタと震えている様子が不憫で、胸が締め付けられる。

そのまま彼女のために用意した部屋に連れて行く間も、体調が復活することはなく、体は冷え、呼吸さえ苦しそうだ。それなのにベッドに横たわりもせずに執務机の前に座り、ミアという王宮から連れてきた侍女に書状をしたためる準備をさせている。

ふと目が見えないのに手紙が書けるのだろうか、そう疑問に思ったイライアスの目の前に、見慣れた便せんが置かれる。色こそ違えどチェルシーが送ってきた便せんと、同じ形のものに思えた。それは横罫線にふっくらと膨らみがある少し変わった便せんだったのだが……。

(なんでこんな凹凸があるのか、と思っていたが……)

リオノーラにとってはその凹凸が必要だったらしい。便せんの罫線の凹凸に手を這《は》わせながら、用意されたペンを持ち、文字を書き始める。

「イライアス様、申し訳ございません。書状の中身は国王陛下にしかお見せできないので……」

見えないはずのリオノーラから覗《のぞ》き見ていたのをとがめられ、距離を置く。

「……それでは失礼いたします」

イライアスは慌てて礼をすると、部屋を出て行く。廊下を数歩歩いて、ふと立ち止まった。

「イライアス様、いかがされましたか？」

声を掛けてくるのは新しい女主人を屋敷に迎えるために、イライアスの後を付いてきていた侍従長ハリオットだ。

「いや、リオノーラ姫を医者に診せなくて良いのか、と思って……」

その言葉にハリオットは柔らかく笑顔を見せた。

「そちらについては大丈夫でございます。王室よりリオノーラ様を診られている女医が随行されております。既にお呼びするようにと王女付の侍女の方が……。ただ、随行者は、上級侍女のミア殿と下級侍女がお二人のみ。あとはお医者様のセントアン女史だけのようでしたので……」

戸惑うように眉を寄せた侍従長に、イライアスは小さく吐息を漏らす。通常なら大量に運び込まれるはずの輿入れの荷物も驚くほど少なく、随行者が侍女三人と女医のみ。事情はわからないが、リオノーラは王宮で丁寧な扱いを受けていなかったようだ。

(先ほどのリオノーラ姫の様子と世間の噂との乖離《かいり》も気になるな)

流布している情報と真実が違うことはよくある。流されている噂と真実が違う場合、そこにはかならず理由があることもこれまでの仕事の経験上、よくわかっている……。

(リオノーラ様がどういう立場の王女か……一度確認した方がいい)

「そうだな。まずはリオノーラ様と、王宮から付いてきたその上級侍女に相談して、当家で何人か侍女を追加でつけた方が良いだろうな」

その言葉に侍従長は頷き、侍女長のパトリシアのところへ相談に行くと告げる。パトリシアなら公平な対応をするだろう。

「ああそうだ。今日の晩餐だが出席するかどうか、後ほどリオノーラ様に確認して欲しい。体調が悪いようなら無理せずに欠席してもらおう。その上で夕食は通常のものと、病人向けの食べやすいものの二種類を用意しておくように厨房《ちゅうぼう》に伝えてくれ。ああ、リオノーラ様用に、目が不自由な人でも食べやすいような形で出すように」

倒れたばかりで食欲がないかもしれないから、余計な神経は使わないで済むよう配慮して欲しいと言うと、ハリオットは柔らかく笑顔を見せた。

「ええ、伝えておきます。リオノーラ様は噂とは違い、穏やかそうな姫君でよろしかったですね」

最後の一言は小さな声で付け加えられる。有能な侍従長のことだ。すでに主人の妻となる女性の評判を集めていたのだろう。

そもそもハリオットは以前イライアス付の筆頭侍従だったのだ。親代わりのように面倒を見てくれていた侍従長の温かい言葉にイライアスも表情を緩める。

「ああそうだな。それではよろしく頼む」

まったくもって、噂とは当てにならない。イライアスはいまさらながらそのことを思い知る。主人の言葉にハリオットは自分の仕事をするために足早に立ち去っていった。

その後、晩餐までに体調を整えてきたらしいリオノーラと公爵夫妻との食事は、万事問題はなかった。だがその夜に予定されていた初夜は執り行われなかった。なぜなら、急遽《きゅうきょ》、国王に王宮に呼び出され、ガラーシア皇国の政治状況などについて尋ねられたからだ。しかもその後はガラーシアとの国境で接しているユージェイル領内の町、エクリプスに関する情報を集める手はずを整えることになる。

結果として娶ったばかりの王女を一晩放置するという最悪の事態になってしまった。しかも機密事項に絡む要件だったため、屋敷に連絡することすらできなかった。

リオノーラの父である国王が娘に対し何の気遣いも関心すらないことに、イライアスは密かに驚いていた。だが翌朝、新妻となったリオノーラに責められることもなく、それどころか彼女のおかげで、穏やかな時間を共に過ごせたのは嬉しい誤算だった。

その後しばらくは仕事に翻弄され、その上『争う国王と王太子』の予見の内容を知らされたため、夜はサファーシス国内の経済と政治の現状について、情報収集に奔走していた。そのせいで妻となった王女とゆっくり時間を取ることもできなかった。正直、盲目の妻の不自由さもあまり理解できておらず、どう対応していいのかわからなかったので、距離を取ってしまっていたこともある。

「で、ハリオット。リオノーラ様の屋敷での評判はどうだ？」

このままではいけないと、リオノーラの屋敷での様子を聞くためにハリオットに尋ねると、笑顔で回答があった。

「そうですね。王女殿下であったという経歴を考えると、若干気遣いが細やかすぎ、配慮すべきお体であるのにもかかわらず、人を頼ることが極端に少ない点が気に掛かります。ですがその上総じてご自身の価値を理解されていないような言動が多く見受けられます。ですが基本的な性質は、温和で誠実でお優しい方です。人となりは非常によろしいかと」

夜は忙しくて共に食事を取れなくとも、朝食の時だけでもリオノーラと一緒に過ごすように心掛けている。その時にイライアス自身が感じていた、リオノーラに持った印象とハリオットの見解に相違はない。

（であれば、社交界に流れている、あの悪評はなんだ？）

誰が何の目的で流しているのか。リオノーラ王女に関する執拗《しつよう》な悪評は未だに下火になっていない。王宮ではそんな評判の悪い王女を娶ったとして、イライアスはすれ違う人間たちに同情的な目で見られるし、宴に参加すればわざわざ声を掛けてくる人間までいる始末だ。なんだったら、愛妾の斡旋《あっせん》までされる。

（あまり姉妹の仲は良くなさそうだったが……その辺りの真実については……フィリップ殿下に改めて聞いてみるか……）

王宮で小さい頃から一緒に過ごしてきた異母兄にリオノーラのことについて、もっと詳しく確認してみるべきだと思う。それに、国王とフィリップ、国王とリオノーラのそれぞれの関係性についても、改めて話を聞く必要があるだろう。

「彼女に関して、他に気になる点はないか？」

イライアスの言葉に、ハリオットは一瞬首を傾げると、ふっと唇の端を上げてどこか皮肉めかした笑みを浮かべる。

「リオノーラ様ではなく、その周囲に気になる点がございます。が……そちらはお任せください。確認が取れ次第、イライアス様にご報告いたしますので」

こういう顔をしたハリオットは、家の中のネズミを狙う猫のように屋敷に不要なものを狡猾《こうかつ》に始末するのだ。肩をすくめてイライアスは頷く。屋敷の中のことはハリオットに任せておけば心配はない。

「今まで通り任せる。それならば私は……屋敷の外のことに注力しよう」

「かしこまりました」

承諾すると、ハリオットは胸に手を当てて、丁寧に頭を下げた。

「イライアス様、今日もチェルシー様に会いにいらしたんですの？」

にこにこと邪気のない笑顔で声を掛けてくる令嬢を適当に躱《かわ》し、イライアスは王宮で連日開かれている宴の人波をするりと通り抜け、フィリップの元に向かう。

嫁入り前の第二王女殿下の外聞を守るため、つねに兄の王太子がついているせいで、イライアスは結果としてチェルシーの前に侍るような形になっている。だがどちらかといえば、イライアスはフィリップに呼び出されているのだ。

そしてイライアスが見てきた外国の話、特につい最近まで滞在していたガラーシア皇国に関することを報告している。先日の『争う国王と王太子』の予見の話はさすがに本人にはしていないが、それ以外のフィリップが直接見ることのできないサファーシスの民の様子や、国の現状を話し合うことが多い。

（まあ、兄と兄の友人で姉の夫である自分と三人でいる分には、チェルシー殿下との仲を疑われるような噂にはならないので安心、なはずなのだが……）

イライアスは結婚したばかりだというのに、このところチェルシーに関する冷やかしばかりを多く受けている。フィリップと話すだけなのに、チェルシーがいるとさらに余計な噂が増えてしまいそうだ。

文通相手だったチェルシーのことは気になっているが、会えば会うほど、その人柄に違和感を覚えている。なので今日は面倒事を避けるため、フィリップのところに向かう前に、知り合いの高位独身貴族の男に、チェルシーをダンスに誘い出すように頼んでいた。

「チェルシー様、私と一曲踊ってくださいませんか？」

独身貴族からの誘いの声に、チェルシーはチラリとイライアスに視線を向けてから、愛らしい笑顔を見せてその男の手を取る。一歩踏み出して、何故かもう一度こちらに視線を向けるので、イライアスも曖昧に笑顔で頷き返す。

「これみよがしだな、チェルシーは。其方《そなた》の関心を引きたいのが見え見えだ」

「私は結婚したばかりだというのに、チェルシー様のことでよく冷やかされるのですが」

苦笑を浮かべてそう言うと、一瞬王太子は顔を歪める。

「イライアスが行儀見習いの文通の相手をしていたチェルシーに懸想していた、とチェルシーの取り巻きたちがあちこちで吹聴しているからだ」

ダンスフロアで踊る妹を見つめ、兄は小さく息を吐いた。

「チェルシー殿下はそれをご存じないのですか？」

「知ってはいるだろう。だが……どうも昔から、チェルシーはリオノーラのことを見下そうとする癖が直らない。あれはあれでリオノーラに対して劣等感があるのだ。父はあの二人を比べるようなことを言い続けているから。リオノーラのように王家に役立つ能力のないチェルシーは、生来の愛想の良さで周りの評価を高める一方で、姉を貶めようと必死だ」

フィリップは王の施政についてだけでなく、父親としてもグレイアムに対して、思うところが多いらしい。

「リオノーラとチェルシーに対する態度もそうだが、私は近頃父上の考えていることがよくわからない。あのように高圧的な施政を行っていれば、国民は疲弊するだろう。心が折れる前に、人は何を選択するか……イライアスはどう思う？」

確かにこのところ農作物の不作が続いており、民心も王家から離れつつある。黙り込んだイライアスを見て、フィリップは小さく首を左右に振った。

「だがリオノーラの力のおかげで、ギリギリのところで失策は免れていた……今までは。だが近頃ではリオノーラは予見を視るたびに酷く体調を崩している。内容も不鮮明になってきているようで、父が今まで通りの政治をするとズレが生じて、周りから不満が噴出するようになってきている。だからこそ父上は能力ある新しい聖女をと望んでいるようだが、聖女頼りの施政などどうなのだろうな。あのようにリオノーラに犠牲を強いてまで、自分の権力を高めようとするなど……」

「……犠牲を強いて？」

聞き返した途端、フィリップの顔が歪む。一瞬どう答えるか迷うような顔をした。

「ああ。リオノーラの母は聖女を産む道具として娶られたようなものだからな……。リオノーラにも父は愛情を一切向けていない。いやそれは私とチェルシーに対してもだが」

「道具？　それはどういうことですか？」

イライアスの言葉に、フィリップは唇を嚙みしめて大きく息を吸い、言葉を口にしようとした、その時。

「……イライアス、お待たせいたしました」

機嫌良さそうな声が聞こえて、イライアスたちは慌てて顔をダンスホールに向ける。するとダンスを終えて男性貴族にエスコートされながら、イライアスたちの前に優雅に歩いてくるチェルシーがいた。

「ダンス、上手に踊れていました？」

悪戯っぽく微笑み掛けられて、フィリップとの会話に意識を集中させていたため、そちらを見ていなかったことを悟られないように、イライアスは柔らかく微笑む。

「ええ、とても。さすがチェルシー様ですね」

「そんな風に褒めていただくと、照れてしまいますね」

明るく艶やかな花のように微笑むチェルシーを見ていると、何故かリオノーラを思い出す。

（本当に、あの手紙を送ってきていたのは、この王女なのか？）

会えば会うほど手紙の主と、目の前で自分の魅力を見せつけるように振る舞う現実のチェルシーとに、埋まりきらない大きな溝を感じるのだ。

そして自分自身も、仕事の忙しさを言い訳にして、未だにリオノーラとの初夜を延期している。最初は政略結婚の相手として、粛々と子をなす義務を果たすつもりだった。だがあの日、リオノーラが使っていた便せんを見た時から、文通相手が本当にチェルシーだったのか、と疑問が生じてしまった。もし万が一、手紙の相手がリオノーラなら、自分は貴族の義務を果たすためだけに、淡々と彼女を抱いて良いのだろうかとふと思ってしまったからだ。

（あの便せんの持ち主が、文通の相手ならば、それはリオノーラだったということになる）

しかしそんなことがあるのだろうか。だが一方でリオノーラに一貫して辛辣な態度を取り続けているチェルシーの心の持ちようは、あの手紙を書いていた女性の印象とは明らかに異なるのだ。

物思いにふけるイライアスの心情には気づいていないチェルシーは、エスコートしてきた貴族に戻るように促す。

「まだ……踊り足りないわ」

そしてイライアスの視線を捉えてから、魅力的な笑みを浮かべ独り言を言う。取り巻きの令嬢たちは、何か期待をしている様子でチェルシーとイライアスを見つめていた。

（これだけ露骨に誘いを受けているのに、ダンスを申し込まなければ、失礼にあたるか。仮にも私はチェルシー様の義兄になるわけだしな）

「……それでは、私と踊っていただけますか？」

手を差し伸べれば、周りの取り巻きの令嬢たちが笑いさざめく。二人でフロアに出て行くと、様々な視線が背中に刺さるようだ。礼を失しないためとはいえ、ダンスに誘ったことで、また面倒な噂の材料を作ってしまったかと、一瞬後悔しそうになる。だが一度ダンスを始めると、チェルシーの踊りの見事さについ楽しくなってしまった。

社交の場でダンスは必須項目だ。イライアスが危なげない足取りでステップを速めていけば、社交界の花であるチェルシーは先ほどよりもっと複雑なステップを踏み、イライアスのリードに身を任せる。紅潮した頬、潤んだ瞳で見つめられて、思わずドキリとする。

「楽しいですわね」

「ええ。こうしていると、ガラーシアの社交界でサマルサーランドの踊り子たちに誘われて踊ったことを思い出します」

クスクスと笑って、手紙で送ったエピソードに触れる。それに対して『チェルシー』から機知に富んだ楽しい返信をもらったから、手紙の相手なら、あの話は忘れていないはずだ。

「……サマルサーランドの踊り子といえば、その美しいダンスでどこの王宮でも人気ですよね。その踊り子たちと踊れるなんて、イライアスはダンスも本当に上手なんですね」

にこにこと微笑みとともに返された答えに、一瞬黙り込んでしまう。あの時は友人の一人でもあるガラーシア皇帝の末弟コンラートの悪戯で、突然達者な踊り子たちに囲まれて一緒にダンスを踊ることになった。ダンスの素晴らしさを買われ、ガラーシアの社交界に招待される舞姫たちの見事なダンスに圧倒されたイライアスは、まともに踊ることができず、恥をかいた笑い話を送ったのだ。

（まだ一年も経ってない話を忘れる……なんてこと、ありえない）

やはり目の前の女性は、自分の文通相手ではない。そう確信すると同時に曲が終わる。

「……久しぶりに踊って疲れました。少し私は休ませていただきますので、姫はもう少し楽しんでいってください」

柔らかく笑みを浮かべ一礼をして、ゆっくりと手を離す。目の前の女性は自分の文通相手であったことを否定しなかった。なのにその話題になると、毎回ちぐはぐな返事ばかりを繰り返す。

仄かに好意を抱いていた第二王女の裏の顔を見てしまったようで、イライアスは薄ら寒さを感じる。ふと今朝見たリオノーラの顔が浮かんで、彼女ならあの問いかけになんと答えるのだろうかと考えていた。

（……いやそれより、先ほどのフィリップ殿下の話が気になる。リオノーラの母とリオノーラのことを調べさせよう。それから『争う国王と王太子』の予見もだが、輿入れ初日にリオノーラが視た予見についてもだ。最近のユージェイル領内についても再調査が必要だな……）

イライアスは頭の中を整理する。そしてフィリップと政治の話をし始めると、話に興味のないチェルシーは取り巻きの令嬢たちと一緒にダンスフロアに戻っていった。

「ところで、フィリップ殿下。リオノーラの母の話ですが……」

チェルシーがいなくなったところで改めてそう話しかけると、フィリップは困ったような顔をした。

「いや、先ほどの話は失言だ。忘れてくれ」

（つまり、あまり詳しく話したくないということか……）

その後、言い方を変えて尋ねてみたが、望む返事は得られなかった。そこでイライアスは自分で調べる方が賢明と判断し、その後は元通りサファーシスに関する政治の話に終始し、そこそこのところで切り上げて、屋敷に戻った。

＊＊＊

チェルシーと踊った翌日の夜のことだ。深夜に帰宅すると、自室に戻った瞬間ハリオットに声を掛けられた。後ろにはパトリシアまで並んでいる。

「リオノーラ様に何かあったのか？」

尋ねると、一瞬パトリシアの方を振り向いたエリオットが頷く。

「ええ。ご報告したいことがございます。リオノーラ様は普段通り就寝されて、お気づきではいらっしゃいませんが、現在、私共は奥様が王宮から連れて来た下級侍女二名を拘束しています」

パトリシアはそう淡々と告げる。だが下級侍女とはいえ、王宮から連れてこられた者たちを捕らえるとはよほどのことだ。イライアスは眉を顰める。

「何があったか、最初から説明を聞こう」

自室に戻り、侍従長と侍女長以外の人払いを済ませると、パトリシアの話を聞く。彼女が言うには今日、チェルシーとその取り巻き令嬢たちが事前に連絡もなく、突然この屋敷を訪ねて来たのだという。

「王女殿下の突然の訪問ですし、妹君でもいらっしゃるので、リオノーラ様は慌てて身支度を調えて、お出迎えと応対をされました」

礼を失した突然の訪問の上に、王女だけでなく、リオノーラより下位の立場であるチェルシーの取り巻き令嬢たちの態度があまりにも酷く、公爵邸の侍女たちは非常に不快な気分になったらしいのだが、それはさておき。

「リオノーラ様の身の回りで不審なことがいくつかあったため、信頼の置ける当家の侍女にリオノーラ様が不在の時の部屋の様子を監視させていたのですが……」

そう言うと、ハリオットは繊細な細工の施された香木で作られた文箱をそっとイライアスに差し出した。

「これは……」

「王宮から来た下級侍女二人が、リオノーラ様の私室から盗み出そうとしていたものです」

その言葉にイライアスは顔を顰め、文箱を開けて中身を確認する。

「──っ」

それを見た瞬間、ドキリと心臓が高鳴った。

「これは……私の出した手紙、だな」

ふわりと漂うのは、虫を避けると言われる最高級の香木の香りだ。樹木由来の心地よい香りはイライアスの異国での記憶を呼び起こす。チェルシーから送られてきた手紙は、いつもこの香りをまとっていた。

「これを、リオノーラ様が持っていた、ということか」

それはイライアスの予感を裏付ける証拠となる。

「……しかし侍女たちはなんでこんなものを盗もうとしたのだ?」

ぽつりと呟いた言葉を拾うように、パトリシアがソファーに座るイライアスの前に跪く。

「あの下級侍女たちも、当家に来た限り私の監督下にあります。今回の件は私の監督不行き届きです。ですが、まずは引き続き報告をさせてくださいませ。あの二人を別々に尋問したところ、どちらも同じことを答えました」

じっと見つめる瞳は真摯でまっすぐだ。そして侍女長を長年勤める彼女の覚悟が感じられた。

「今日チェルシー殿下と共に公爵邸に来た、第二王女殿下の侍女から直接命じられたそうです。チェルシー様が公爵邸に訪問してリオノーラ様の部屋が手薄になっている間に、大切にしている文箱を持ち出し、王宮に届けて欲しいと」

その言葉に思わずイライアスは目を見張る。

「つまり私が送った手紙をチェルシー殿下が手に入れようとしていた、ということか。一体何のために？」

イライアスの言葉に、ハリオットが小さく苦笑する。

「チェルシー殿下がイライアス様に懸想していらっしゃるのなら、文通相手として話を合わせたいからではないでしょうか？」

その言葉に、昨日のダンスフロアの会話を思い出す。会話が食い違い、手紙の相手がチェルシーではないと確信したばかりだ。だがあの手紙がチェルシーの元にあればイライアスは文通の相手はやはりチェルシーだったのかと思ったかもしれない。

「実は文箱の一番下に一通だけ、イライアス様の書跡ではない手紙が残っておりました。宛名の文字を確認させていただきましたが、リオノーラ様の筆跡で間違いないかと思います。……ごらんになりますか？」

パトリシアがそう言って、封のされていない手紙を手渡してくる。開くとそれはチェルシーを名乗る人物から届いていた手紙とそっくり同じの、罫の浮き上がった淡い空色の便せんを使って書かれている。そしてその字は、彼が異国で受け取っていたあの手紙と同じ筆跡だった。

イライアスは微かに震える手でその手紙を読む。

『**どうしても、敬愛する貴方に言い出せないことがございました**』

そんな書き出しで始まる手紙は、チェルシーの代わりにリオノーラが文通の代筆を引き受けた経緯が最初に書かれていた。そしてチェルシーを名乗り続いていた手紙だったが、それが徐々に寂しい生活を送るリオノーラの楽しみになっていたことも……。

幸せな時間をありがとうございます、という感謝の言葉と、黙っていたことに対する謝罪が、いつも彼を励ましてくれた麗しい筆致で縷々《るる》と綴《つづ》られている。

「…………」

その手紙を読み切った後、もう一度頭からその手紙を読んでしまう。懐かしくて、どこまでも温かい誠実な言葉に、心臓の鼓動がトクトクと跳ね上がっていく。冷静になりたくて、ぐしゃりと髪をかき上げて宙を見上げ、一つ息をつく。

そっと手紙を閉じ、リオノーラと署名の入ったその手紙だけを懐にしまうと、残りの手紙の入った文箱をパトリシアの方に押しやる。

「この文箱は元の場所に戻してやって欲しい。そしてその下級侍女二人は……このまま王宮に突き返すのはいろいろと問題がありそうだな。リオノーラの目につかない下働きに異動させるか」

その言葉にパトリシアがにっこりと微笑む。

「お任せください。今後リオノーラ様のお邪魔にならないように、なおかつ簡単に当家から逃げ出したりできないように、きっちり私が管理させていただきます」

その言葉に、怒らせたら怖い侍女長を本気で怒らせたのだな、と一瞬だけ第二王女に命じられて従っていたであろう下級侍女たちを不憫に思う。

(まあ、本来の主人を侮ったゆえの失態だから、同情する気もないが……)

話し合いが終わり、ハリオットとパトリシアが出て行くのを見送ると、イライアスは仕舞っていた手紙をもう一度取り出した。

再び手紙を読み、最後にその手紙の末尾にあるリオノーラの署名をそっと指先で撫でる。誰もいなくなった部屋で、リオノーラとチェルシー姉妹の言動についての違和感が、あるべきものがあるべきところに収まったという安堵感に変わる。いや、今知った事実に抑えきれない興奮と心臓の高鳴りを感じている。

「つまり……私は既に手紙の主を妻に娶っていた、ということだな」

忌婚を恨んでいた自分がおかしくて、むしろ今は忌婚で繋がった縁を有り難く思う現金な自分に苦笑しか浮かばない。愛おしい気持ちを込めてそっと手紙を撫でると、それを鍵のついた机の引き出しにあるチェルシーと署名のある手紙がすべて入っていた文箱の一番上に載せる。この手紙が誰から届いたのか明確にわかるように……。

「さて今後どうするべきか……」

フィリップの言いかけた内容で、国王がリオノーラに犠牲を強いていることは把握した。今そのことについても調査を始めてもらっている。

事実を知り、彼女を『犠牲』から解放すれば、リオノーラは自分を信用してくれるだろうか。そうなれば手紙のことも自分から話してくれるだろうか。

「……まずは信頼してもらえるようにならないといけないいな」

おかしなことに妻となった彼女に惹かれ始めてから、その本人が積年の片思いの相手だったことに気づいてしまった。

だがずっと恋い慕っていた愛おしい手紙の主が、今正式な妻として自分の手の内にある。夫という立場を手に入れられたのだ。ならあとは妻の心を手に入れるだけだ。

「さて。どうしたら、貴女は私を愛してくれるようになるのでしょうか……」

第四章　ようやく結ばれた夜

　チェルシーが訪ねて来た翌日の朝。リオノーラは何故か王宮から付いてきた二人の下級侍女が、リオノーラ付からはずされたことを知った。

「当家の侍女として不足と判断いたしました。エリスバード公爵家の侍女として相応しく振る舞えるように、再教育いたしますので、ご了承ください」

　にっこりと微笑みつつも侍女長のパトリシアにきっぱり言われれば、リオノーラとしては何も言えない。もともと輿入れに合わせて急遽連れてこられた侍女なのでさほど思い入れもないのだ。

「わかりました。二人をよろしくお願いいたします」

「ええ。それとミアには、今まで通りリオノーラ様の筆頭侍女として、常におそばに控えてもらいましょう。今後は雑用から外れ、主な業務はリオノーラ様の生活の補助と、話し相手とさせていただければと思います。よろしいでしょうか」

　ミアは元々父を亡くしているとはいえ貴族の令嬢で、雑用までする身分ではない。パトリシアの言葉の通り、話が終わるとミアが戻ってきた。

「ミアも一緒にお茶を飲みましょう」

そう言うと、公爵邸に来てからリオノーラの世話をしていた侍女たちが、正式にリオノーラ付となって、二人のためにお茶の準備をしてくれる。パトリシアの教育が行き届き、どの侍女も気性が穏やかで、リオノーラとの相性も良い。そして話し相手としてリオノーラが望めば、ミアも一緒にお茶を飲めるようにパトリシアが采配してくれたようだ。

「よかったですね。リオノーラ様」

公爵家の侍女頭に認められたミアの嬉しそうな声を聞いて、リオノーラは今回の配置転換は自分にとってよい形になったと判断する。

「あの二人の下級侍女、リオノーラ様のためを思って働いているというよりは、正直違う誰かのために働いているようでした」

元々、第二王女の宮から連れてこられた下級侍女だったのだ。勤務態度も良いとは言えず、この屋敷の女主人の側近としては不足だったらしい。

「ああ、それと。お昼からセントアン女史がこちらにいらっしゃる予定だそうです」

その言葉に、リオノーラは首を傾げる。

「最近の体調はずっと良いのだけれど……何の診察かしら」

セントアンは四十を少し過ぎた、有能ゆえに少々破天荒な気質の専属女医である。小さい頃から診てもらっているので、リオノーラが信頼している数少ない人間の一人だ。

「ええ。体調がいいからこそ、診察が必要なんですよ」

クスクスと笑うミアの声に、何がこれからあるのだろう、と疑問に思っていると、しばらくして来客の気配があった。

「セントアン女史がいらっしゃいました」

先触れにあわせ、女医の明るくて力強い声が部屋に響き渡る。

「リオノーラ様、お加減はいかがですか？　今日は初夜前の診察を行わせていただきますね。体調に問題がなければ、今夜、初夜の準備をするように、とエリスバード公爵様から申しつけられましたから！」

けして礼を失するほど大きくはないが、よく響く声で言われたことは、室内にいた未婚の侍女たちと、リオノーラを赤面させるには十分だった。

診察の結果、公爵邸で穏やかな生活をしていたリオノーラの体調は、今までで一番良い、とセントアンに太鼓判を押されてしまった。つまり。

「いよいよ、ですね……」

初夜がまだ行われていなかったことを、密かに気にしていたリオノーラの気持ちをわかっていてくれたらしく、ミアが気合いの入った声で言う。ミアが胸の前で両手の拳を握っている姿を想像し、小さく笑ってしまった。

昨日のチェルシーの訪問から、いろいろなことが一気に動き出した気がする。偶然だろうかと思っている間に、リオノーラは入念に支度をされて、夫婦の寝室に入る段取りになる。

　既にイライアスが部屋で待っていてくれた。正直、最初の夜のように待つのは不安だと思っていたからホッとする。その一方でいきなりそういう状況になったらどうしようかとリオノーラは不安を募らせていた。

「……それでは何かあればお声がけください」

　励ますようにリオノーラの手をきゅっと握ったミアは、トンとその手の甲に指先で触れた。何かあれば叫んだらいい、という最初の夜の勇ましい言葉を思い出して、少しだけ緊張が解けた。

「ありがとう。何かあったら呼ぶからすぐ来てね」

　小さな声でそう囁くと、気持ちが伝わったことに安堵したミアが、ふっと笑う気配がする。ソファーにリオノーラを腰掛けさせると、ミアはゆっくりと部屋を出て行った。

「緊張、してらっしゃいますよね」

　尋ねるイライアスの声も緊張している。お互い緊張しているのだ、と気づくと少しだけ安心できた。

「はい」

「それでは少しだけ、話をしましょうか……。そうですね、先日の朝の散歩は楽しんでいただけましたか?」

「ええ、いい花の香りがして、温かくて気持ちの良いお庭でした」

そう答えると、向かいにいたはずのイライアスが隣に腰掛けた。

「よかったです。またああして外に一緒に出ましょう。公爵邸は貴女の家となるのですから、隅々《すみずみ》まで知っておきたいですよね」

彼の言葉にリオノーラは頷く。自分は見えないからこそ普通の人よりきっと怖いものが多いのだ。だから少しでも自分のいる場所について知っておきたい。ただそうした気持ちを理解してくれる人はけして多くはない。

「イライアス様は、なぜそんなに私の気持ちまで理解しようとしてくださるんですか？」

このところ夜はいなかったけれど、朝には必ず食事を一緒にし、言葉を交わしてきた。その中でイライアスの公平なものの見方や、実直な考え方が伝わってくる場面が何度もあった。けれど、今夜の彼の声は今までよりずっと優しくて、気のせいか甘いような気もする。

「……理解し合おうと思えば、その人のことを想像するよりないですから。たとえ近しい関係であっても、私はリオノーラ様ではありません。だからこそ想像するんです。そしてそれをリオノーラ様に話します。もしその想像が違っていたら教えてください」

そういえば、この人は外国で未知の文化と触れ合う仕事をずっとしていたのだ。彼の考え方は、手紙で言葉を交わしてきた印象のままだ。自然とリオノーラは笑みを唇に浮かべ、彼の言葉に答えた。

「だから、イライアス様は見えない私の考えを想像して、まずは行動してくださったんですね」

リオノーラが確認すると、彼は同意を認める代わりに小さく喉の奥で笑う。自分が彼に受け入れられているのだとリオノーラは安堵する。

「ところで……イライアス様って言うのはそろそろやめませんか？」

「え？」

突然言われた言葉に、リオノーラは彼に顔を向ける。

「夫婦になったのですから、様はいらないでしょう」

「でしたら私のことも、リオノーラと呼んでくださいますか？」

この人の本心が知りたい、と思った。顔を見ることができたなら、その気持ちももっと読み取りやすいだろうか。咄嗟に顔を見る代わりに、彼の手に触れようと伸ばしたリオノーラの手を、彼が先に捕らえた。

「……ではリオノーラ、今から初夜のやり直しをしても構いませんか？」

儀礼的で、少し格式張った言い方。それでも目の前の男性は手紙の印象を裏切らない。

「はい、構いません。ただ……私はそういったことは何もわからないですし、イライアスが何を思っているか、表情も見て取れないのです」

冷静な口調で答えながらも、じわりと頬に熱が集まる。多分いろいろとがっかりさせるであろう。それでも王家の特殊な血筋を引いた者として、子どもを作る必要はある。正直リオノーラ自身は目の見えない自分が子どもを産む、ということに実感はない。子を授かれば、徐々に自覚が芽生えるだろうか。

「……私も上手なリードはできないかもしれませんが、お互い嫌な時は嫌だと言いましょう。未知なことに挑む時は、協力しないと」

まるで新しい課題に挑戦するみたいに、真面目にイライアスが言うのが少しだけ面白い。思わず小さく笑ってしまった。すると彼はリオノーラの手を柔らかく包み込み、ゆっくりと立ち上がる。導かれるようにしてベッドサイドまで連れて行かれ、ベッドに座らされた。

「それに、この部屋は光を極力落としています。私も貴女が見えないので、条件は一緒です。だから怖がらずに私に身を任せてください」

そんな考えで最初の夜もわざと灯りを暗くしてくれたのだろうか？　そう思いながら小さく頷くと、なかば手探りで、彼が腰のリボンを解く。前あわせになっている閨で用いる寝間着しか着ていないので、それだけでリオノーラは裸になってしまった。さらに聞こえた衣擦れは、彼が自分の寝間着の腰紐《こしひも》を解いた音だろうか。儀礼的に行われる子作りは、寝間着すら脱いだりせず、端的に局部だけ交わって終わらせる場合も多いと聞くのに、リオノーラは彼の行動に少しだけ不安を感じる。

「きっと、見えないリオノーラにとっては、夫になったばかりの男に触れられることは、必要以上に怖いことだと想像します」

リオノーラの怯えた様子に気づいているのか、イライアスはそっと彼女の手を取り自分の顔に押しつけた。

「だからこそ、触って確かめてください。……ここは私の頬です。そこは、耳。目と鼻と口の数は貴女と一緒です」

くすりと笑い、緊張を解くように囁く。

「触りたいところはすべて触って確認してください。夫婦になりましたから、私が貴女に触れる権利を持つように、貴女も私に触れる権利があるのです」

手の甲を彼の手のひらに包まれながら、リオノーラはおずおずと彼の鼻に触れ、閉じた瞼に触れる。額に触れて髪を撫で下ろす。

「ここは触れなくてもいいのですか?」

そっと手を摑まれて、顔の下の方、柔らかいところに押し当てられる。そこが小さく開いて、ちろりと湿ったものが指先に触れた。

「ひゃっ」

思わず小さく悲鳴を上げると、彼は柔らかく彼女の指先を噛んだ。

「そこは私の唇です。あとでたくさん貴女に触れることになるので、よく触れて確かめておいてください」

少しだけ面白そうに口にする言葉は、手紙でも微かに見え隠れした彼のユーモアを感じさせる。

「噛まれて痛いのは、いやです」

小さく言い返すと、彼はもう一度指先にキスをする。

「もちろん。私も痛いのはいやですから、貴女にも痛くないようにします」

軽い冗談めかしたやりとりに、二人して緊張混じりの笑い声を零す。彼はリオノーラの手を顎から首筋に触れさせた。ゆっくりとその手は彼の肩まで下りてくる。最初の日に抱き上げられた時にも思ったように、文官のはずの彼だが、しっかりとした体をしていることに気づく。

「どうされましたか?」

「いえ、イライアスは文官だと思っていたのですが、思ったより鍛えているのだな、と思って」

気づけば大分慣れていたらしい。普段通りの声で尋ねると、彼はふっと小さく息を吐くと笑った。

「文官と言っても有事には剣を取ることもありますから、日々の鍛錬は欠かせませんよ。特に外国にいる時は、常に警戒が必要ですから」

などと会話をしている間に、思わずリオノーラの手が止まってしまう。

(どこまで触ってもいいのかしら……)

気の済むまで無遠慮に触りまくってもいいのか、それともこの程度でやめるべきだろうか、と逡巡《しゅんじゅん》してしまう。それに気づいたのか、もう一度彼の手がリオノーラの手を覆い、胸から腹に向かって触れさせていく。今まで触れたことがあるのは女性ばかりのリオノー

ラからすると、その硬く引き締まった体は不思議なものに思えてならない。

(……ってちょっと待って。これ以上、手が下がったら……)

彼の体を撫で下ろしているうちに、彼の下半身まで触れてしまうのではないか、と慌てて手を止めて、彼の顔のある辺りに顔を向ける。

「……男性器に触れてみますか？」

突然言われた言葉に、リオノーラは驚きと共に、一気に全身にかぁっと熱がこみ上げてくる。どうしたら良いのかわからなくて、一瞬声を失った。

「何が自分の体に入ってくるか、怖くないのですか？　私だったら怖い。だから触れてみれば、怖さが減りませんか？」

虚飾も何もない言葉に、思わず息を呑む。目が見えないということを、彼なりに最大限想像してみた結果、リオノーラに尋ねた言葉なのだろう。

確かにわからないことは不安だ。だったら知れば良いのかも知れない。

「そうですね。触ってみても良いですか？」

「……ええ、まだ完全に勃《た》ち上がっているわけではありませんが」

「勃ち上がる？」

そっと指先を進めた先にあったのは、少し不思議な触り心地のものだった。熱を持っていて、奥に芯があるような筒のような形状だ。だが、リオノーラがそれを撫でたり触れたりしているうちにピンと皮膚が張り詰めていき、硬さを増していく。今まで触ったことのない不思議な感触に思わず夢中になっていると、イライアスの呼吸が少し速くなっていることに気づいた。

「あの……どうかされましたか？」

思わず尋ねてしまうと、彼は困ったように苦笑を漏らした。

「それは性的に興奮すると、固くなるのです。固くならなければ、女性器を押し開いて挿入することができませんから」

その言葉に、つい好奇心を優先してしまっていたことに気づき、自分が何をしていたのか理解できてしまった。慌ててそれから手を離す。

「ご、ごめんなさい。そんなつもりじゃなくて……」

「そんなつもりではなかった、のですね」

くつくつと笑われて、なんだかじわじわと恥ずかしさが増していく。どうしたら良いのか困っていると、ゆっくりと頭を撫でられて、後頭部を大きな手に包み込まれたまま、ゆっくりとベッドに押し倒されていった。そうされながら、リオノーラはようやく現状を理解する。

「あの……こんなことを聞いて良いのかわからないのだけれど……」

ドキドキして鼓動が慌ただしい。言いかけて、国王に押しつけられた妻に過ぎない自分が彼に向かって何を言うのか、と言葉を止めてしまった。

「なんですか？　お互い意思表示をしないとわからないと、先ほど話したばかりですよね」

柔らかく尋ねられて、心臓が暴れ回って口から飛び出しそうだ、とリオノーラは思う。そうならないように慌てて言葉を続けた。

（性的に興奮しないと、硬くならないものが、硬くなったってことは……）

「イライアスは私に性的な興奮を覚えた、ってことですか？」

彼女の言葉が意外だったのか、イライアスは小さく苦笑をして、そっと頬に触れた。

「ええ、そういうことです」

「……よかった。私などでその気になれて」

その事実が、散々容姿などを否定され続けていたリオノーラには意外で、けれど少しだけ嬉しく思えてしまう。

「……何故私が貴女に性的興奮を覚えないって思ったんですか？」

それに答えるより前に柔らかいものが、そっとリオノーラの唇を覆う。先ほど触れて確認したからこそ、今触れ合っているのが唇同士で、それがキスだ、ということがわかった。

「ほら、貴女と口づけしただけで、さらに硬くなった……」

そう言うとイライアスは彼自身に触れさせる。先ほどまでどこか柔らかさのあったそれは今は鋼のように硬く、熱く脈を打っているような気がしてリオノーラは思わず息を呑む。

「私も、リオノーラに触れていいですか？」

「触れたい、ですか？」

「ええ。もちろん。リオノーラの姿は暗くてよく見えませんが、貴女の香りも、触れた時のみずみずしい肌も、貴女の微かな声や呼吸さえも、好ましいとそう思っていますから」

この人は、チェルシーが好きなのではないのか。そう思いながらも、たとえ儀礼上だとしても、好ましいと言ってくれる人が夫でよかったとリオノーラは思う。

「……それなら、よかったです」

きっとそこに愛情とか恋情はない。けれど目の見えない自分をできるかぎり対等に扱ってくれる、相手の心を尊重しようと考えてくれる人で本当によかった。

いろいろな意味を含めてよかったと告げると、彼は何故かリオノーラの首筋に、胸元にキスをいくつも落とす。

「あの、何をしているんですか？」

「……夫婦の交わりをするために、いろいろ準備がいるのですよ」

リオノーラの衒《てら》いのない質問に、困った、と言うように彼は笑う。

「そうなのですか？　では、あとはお任せしてもよいですか？」

自分は何も知らないのだから、イライアスに任せてしまう方がいいだろう。リオノーラはふっと力を抜く。

「まったく貴女という人は……」

再びイライアスは楽しそうにくつくつと笑いながらも、何度も肌に唇を押しつけていく。何か言おうかと思ったけれど、嫁入りのために慌てて行われた教育では『夫となる人に従っていれば良い』『痛くても声を上げてはいけない』という二点だけしつこく言い含められたのだ。

（十分、彼は私が怖がらないように気を遣ってくれている。きっと酷く痛くはされない気がする。だからあとは彼がしたいように、してくれればいい）

イライアスに任せて、痛くても声をあげなければいいだけだ。なのに……。

「あっ……はぁ」

柔らかく胸を触られて、いくつもキスを落とされているうちに、じわじわと不思議な感覚がこみ上げてくる。心臓は鼓動を激しくして、お腹の奥が痛いのとは違う不思議な感覚に満たされていく。呼吸が乱れて苦しいのに、それがなんだか嫌ではない。

何より優しく撫でてくれる手のひらの温かさとか、少し乱れている彼の呼吸、時折熱を帯びて、強く押しつけられる唇に、自然と気持ちが高まっていく。どうしてなのか……ドキドキが止まらない。

「これを、愛撫、というのです……」

愛おしんで撫でることですと耳元で囁かれて、だから気持ちよくて当然なのだと言われた。

触れる指や唇の感覚にだけ溺れる。自然と呼吸が乱れ、声を上げてはいけないのについ自然に声が上がりそうになり、口を押さえているとその手の甲にキスが落ちてくる。

「声を出しても大丈夫です。……いや、私は貴女の声を聞きたい。怖がっているか、気持ちいいと思っているか、判断する材料になりますから」

そっと手の甲が彼の手に包み込まれて、そのまま握りしめられた。

「辛くはありませんか？　……苦しくは？」

優しい声に少しだけ甘えたくなる。きっとリオノーラの夫となった人は、好き嫌いに関係なく誰に対しても優しい人だと確信しているから。

「なんだか苦しいです。お腹の奥がおかしくて。体に触れられるたびに肌がちりちりとするみたいで……」

思わずそう言ってしまうと、彼はまたくつくつと喉を鳴らして笑った。

「……嫌な感覚ではないですか？」

イライアスの問いに頷くと、彼は下腹部に口づけを落とし、そのまま下生えの辺りまで唇を滑らす。

「それなら大切にしすぎたのかもしれませんね」

「あ、あのっ」

何をしているのかと言うより先に、彼は細く尖らせた舌先で下生えに隠されているあわいに舌をねじ込む。指先で上に引き上げると唇をそこに押しつけ、舌をくちゅくちゅと揺らした。

「ああっ」

突然ピリリという感覚が全身を走って、リオノーラは驚いて目の前の人の体を摑む。

「……びっくりさせてすみません。でも……こんなに硬くしていらっしゃるから」

そう言うとそっと彼女の手をとり、先ほど触らせていた彼自身に這わせた。

「ここと一緒です。女性も性的に興奮を覚えるとこんな風に硬くなるんですよ。もう少し、してみましょうか」

「性的に、興奮？」

自分が？　予想外の言葉にリオノーラは思わず口をぽかんと開けてしまった。その様子にまた彼は小さく笑い、だが容赦なく膝裏に手を入れると下肢を大きく開いた。

「あ、あのっ」

「ここに、男性を受け入れないといけないことは知っていますよね」

指先を体の中心に添えゆるりと撫で上げると、クチ、と小さな水音がする。

「ああ、ちゃんと濡《ぬ》れている。やっぱり感じているんですね」

何故濡れるのか、それは男性を受け入れるためだ。その準備が整っているのだ。嫁入り前の教育で教えられている。リオノーラは羞恥心が一気にこみ上げてきて、なんだか逃げ出したいような気分だ。

「……だめですよ。ここまで来たら最後までしましょう。いつか……しなければいけないことなのですから」

その言葉にはっと自分の今の立場を思い出す。

「そうですね。果たさなければならない、義務、ですものね」

痛いかもしれない。不安でつい声が固くなる。すると彼はどこか切なそうに言葉を返した。

「義務、で痛いだけなら辛すぎるでしょう？　せめて怖い思いをしないように頑張ります。最初は少しだけ痛いかもしれませんが、できるだけ苦痛が少ないように気をつけます。それに本当に大切な人が相手なら、気持ちよいし、幸せな気持ちになれることなんです。貴女にも……そうなってもらいたい」

　イライアスの言っていることがよく理解できない。

「本当に、大切な相手？」

「ええ、私たちはお互い知り合ったばかりですから、そんな相手になるかどうかはまだわかりません。ですが、絶対にそうならないわけでもないと思うのです。私は夫婦となったからには、そうなる努力をするべきだと思うのです。どうですか、今、私が怖いですか？」

　今はそうでなくても、未来はわからない。だからそのための努力をすべきだという彼の正直な言葉は、リオノーラの心にすとんと落ちてきた。

「痛いのは多少なら我慢できます。でも未知なことなので、やっぱり不安で怖いです」

　ぎゅっと手を握ってイライアスに本音を言うと、少しだけ緊張がほぐれた気がする。

「ゆっくり慣らしましょう。何をするかもお伝えします。怖ければ無理しなくても大丈夫です。今日がダメでも、私たちにはこれから長い時間がありますから」

「……はい」

「先ほど触れた私の物は貴女の中に入るにはまだ大きいと思います。少しでも痛みを減らすために、リオノーラの中を徐々に緩めていきますね」

そう言うと、彼は指先を軽く中に挿入し、ほぐすようにゆるゆると動かした。唇で先ほど過敏に反応した場所を舐《な》め上げた。ゾクゾクする感覚に、お腹の疼《うず》きが強まっていく。ゆっくりと何度もほぐされるように指で触れられる。

「あっ……」

「どうしましたか？」

握りしめた手の力が増すと、彼は柔らかく問いかける。

「お腹の、奥が切ない気がします」

「……多分、もっと切なくなりますよ。そうなった方が痛みは少なくなります」

意味がわからない。今彼がしている行為ですらリオノーラにとっては疑問だらけなのだ。

「何も考えないでください。体の感覚だけわかっていたら十分です。でももし嫌なことや怖いことがあれば、教えてください」

そう言いながら、彼は今までの行動を繰り返していく。だがリオノーラは的確な彼の行動に、さっきは暗くて見えないと言っていたが実は見えているのではないか、と気づいてしまった。

「あの……ちょっと待ってください」

途端に恥ずかしさが全身を巡る。彼は何ですか、と言いつつ動きを止める。

「……もしかして、見えているんですか？」

彼女の言葉に彼は小さく笑った。それだけで見えているのだ、と確信してしまう。

「暗さにも、目が慣れてきますから……」

「やだっ。ダメです。恥ずかしい」

涙声になった瞬間、キツく敏感な部分を吸い上げられて、舌先で硬くなった部分を何度も執拗に嬲《なぶ》られた。

「やぁっ……ぁあっ」

堪えきれずに声が上がる。刹那、お腹の中の疼きが一気に高まり、ひくんと体が震える。一瞬頭の中が白くなり、すぐに全身が弛緩《しかん》していく。

「……軽く、達したみたいですね」

そう言うと彼は容赦なく中の指をグチュグチュとかき回す。先ほどよりずっと水音が大きくなっていることに気づいて、リオノーラはなんだか泣きたいような気分になった。

「よかったです。中も大分ほぐれたようで……それに、達した時のリオノーラはとても可愛らしかったです」

先ほどまで理性的だった声が、一瞬で深さを増して艶めいた響きを乗せる。その声で可愛らしかった、と言われてなぜだか胸がきゅっと切なくなった。

「これなら、私を受け入れてもらえるでしょうか。少し痛むかも知れませんが力を抜いてもらえたら、かなりマシになるはずです」

そう言われ、熱を帯びた硬いものが先ほどまで指が触れていた部分に押しつけられる。

「はっ……」

慌てて息を吐き出して緊張をこらえる。するともう一度柔らかい手がぎゅっとリオノーラの手を握りしめた。

「痛かったらこの手を握ってください。ゆっくりと……進めますから」

そしてイライアスの優しい気遣いで、思ったほどの痛みはなくリオノーラは生まれて初めて夫を、その体に受け入れることができたのだった。

第五章　旅の行方と真実の告白

「本日はエリスバード公爵邸においでくださり、また私の公爵位継承を披露する宴にご出席いただきましてありがとうございます」

　イライアスのよく通る声が公爵邸内の社交場に響く。リオノーラは傍らで静かにその声を聞いていた。初夜を終え、二人の間に夫婦らしい空気が自然と流れるようになって二月ほどで、イライアスは正式にエリスバード公爵になった。

　そしてリオノーラはそっと持ち上げられたイライアスの手にエスコートされ、彼女が新しいエリスバード公爵の夫人であることを周りに知らしめている。

「妻のリオノーラです」

　彼の声が自分に向いたのを感じ取り、じっと見つめているような視線を心の支えにする。リオノーラは前をまっすぐ向いて、貴婦人に相応しい笑顔を見せた。それなのに、ザワリと辺りの空気が変わるのがわかって、胸がぎゅっと苦しくなる。

　正直に言えば、こんな華々しい場所に立つのは落ち着かない。パーティのたぐいも、体が弱いことや目が不自由なことを理由に、ほとんど出席してこなかった。たとえ出席しても毎回、自分を陥れるチェルシーの発言のせいで、非常に居心地が悪かったからというのも理由の一つだ。だが……。

「安心してください。今日の貴女は誰が見ても主役に相応しい美しさです」

耳元で囁くイライアスの言葉に緊張していた肩から力を抜く。

正式に夫がエリスバード公爵を継承したお披露目の宴には、妻となったリオノーラが参加しなければならない。そう告げられたのは初夜を迎えた翌朝のことだ。

あの初夜以来、イライアスが夜出掛ける回数は減り、週に一度、閨を共にするようになり、お互い心と体の距離を少しずつ縮めてきている。それなのに、リオノーラは未だに手紙のことは伝えられていないのだ。

（ちゃんと言わないと。嘘をついたままではだめだってわかっているのに……）

だが、思い悩むリオノーラたちに近づいてくる足音がする。

「フィリップ王太子殿下。わざわざ本日はエリスバード邸においでいただき、ありがとうございます」

「ああ。私からも祝いを述べさせてくれ。エリスバード公爵イライアス、其方の公爵位継承を何よりも喜ばしいと思う」

堅苦しい挨拶の言葉をフィリップが述べると、こちらに気配が近づいてくる。

「リオノーラ、いや、エリスバード公爵夫人。貴女にはイライアスの元で幸せになって欲しいと思っていたが……ますます顔色が良いようで安心した」

柔らかい笑みを含んだ声でリオノーラを言祝《ことほ》ぐ。兄の言葉に温かい気持ちを感じて感謝を伝える。

「フィリップ王太子殿下、ありがとうございます。王太子宮に訪問させていただいたとき殿下から掛けていただいたお言葉のおかげで、とても気持ちが楽になりました。イライアス様にはとても大切にしていただいております」

だがそんな会話の向こうで、耐えきれなかったのだろうか微かに舌打ちの音がする。つけている香水の気配で、フィリップの隣にチェルシーがいるのはわかっていた。

「リオノーラお姉様。慣れない環境で精神的に不安定になられていませんか？　お体が不自由なお姉様には、公爵家の夫人としての役割は荷が重いことでしょう。大丈夫ですか？」

表向き心配そうに気遣う言葉だが、その裏ではリオノーラの公爵夫人としての不足を、大きな声で指摘している。

「チェルシー殿下、ご安心ください。リオノーラはこちらの家に来てから寝込まれることはなくなりました。ああ……私と共に夜を過ごした翌朝以外は、ですが……」

イライアスのくつりと笑いながら話す声音が妖艶で、思わずリオノーラの頬が熱くなる。チェルシーのつけた香水の匂いが一瞬強まったが、それは恥ずかしがっているのではなく、怒りのせいかもしれない。

「……まったく……。そういった話はリオノーラの兄である私の前では控えてくれるか？」

苦情を申し立てる割に、ホッとしたような声でフィリップはイライアスを窘《たしな》める。

「それは失礼いたしました。今日の妻は本当に美しいもので。つい周りをけん制したくなったのかもしれません」

「確かに今日の公爵夫人は華やかで美しいな。いやリオノーラが幸せそうで本当によかった……」

しみじみと妹の結婚後の姿に安堵しているらしい王太子の言葉に、リオノーラは兄へ笑顔を返す。確かに今日の装いは、イライアスの指示で最高級のドレスメーカーがリオノーラのために作ったドレスを身につけた上に、エリスバード公爵邸の有能な侍女たちがこぞって彼女を磨き上げた努力の結晶だ。見ることは叶わないが、周りの反応から言っても上々のできなのだろう。

「本当に今日の公爵夫人はお美しいですね」

イライアスの言葉に、フィリップに目通りを願って集まってきたのであろう人々が、口々にリオノーラを褒め称える。だが一方で若い女性が好むさまざまな香水の匂いが立ちこめている。そのことからも、障害を持つ王女を無理矢理押しつけられた可哀想な新婚の夫であるイライアスに、近づこうとする女性が多くいるのだろうとリオノーラは判断する。

「…………」

周りの人の多さに緊張し声も出せなくなり、手を触れ合わせていたイライアスの方を見上げると、彼は安心させるようにリオノーラの手に触れた。

「本当に今日の貴女は美しいです。リオノーラ、自信を持ってください」

そう言われて、ようやくリオノーラは周りに向けて笑顔を返せるようになる。

「ありがとうございます。皆様にそう思っていただけたら嬉しいです」

控えめな笑みはリオノーラを清純に見せて、周りの空気も柔らかくなる。それを見て取ったイライアスはリオノーラの手を取って、そっと囁いた。

「それでは夫人、一曲私と踊っていただけませんか？」

「はい……」

正直踊りは苦手だ。それでも今回のパーティの主催者なので、最初にダンスを踊らなければ宴は始まらない。

だから今回のパーティに合わせ、リオノーラもイライアスとダンスの練習をしていた。ダンス巧者のイライアスのフォローもあって、なんとか見苦しくない程度には踊れるようになった。

二人で手を繋いで広間の中央に行くと、音楽が流れ始める。結婚披露の場でもあるので踊るのは二人きりだ。夫婦ならではの距離の近いリードにあわせ、拙いながらもステップを踏んでいると、そっと耳元で彼の声が聞こえる。

「今日は人の多いところが苦手なリオノーラに無理をさせている自覚はあります。この後、私は男性の社交で少し離れなければいけませんが、大丈夫ですか？」

その言葉に一瞬不安を感じて、彼の手を握る力が強まる。すると柔らかく耳元で彼は言葉を続けた。

「申し訳ありません。すぐに戻ります。それから貴女の味方になる人間にそばにいてもらうように指示しますので、しばらくの間だけお待ちください」

そんな会話をしている間に一曲目は終わり、ダンスフロアに他の招待客たちが入ってくる。リオノーラを壁際のソファーに座らせると、イライアスは席を外した。

「……先日は突然お邪魔して申し訳ございませんでした」

するとその隙を狙っていたのだろう。リオノーラは女性に声を掛けられて、ゆっくりと顔をあげる。記憶に間違いがなければ、その声の主はチェルシーの取り巻きの令嬢だろう。

他の人達のざわめきが遠巻きに聞こえるのは、リオノーラがそれにどう対応するのか、好奇心をもって見守っている貴族が多いからだ。気を抜けないとばかりに、リオノーラは穏やかな笑みを唇の端に乗せた。

「いえ……こちらも十分なおもてなしができずに申し訳ありませんでした。あの節は大変失礼いたしました」

こう答えれば、配慮のない訪問だったと周りにもわかるはず、そう思いながらリオノーラは話を続ける。

「公爵夫人にそう言っていただけると、少し気持ちが楽になります。ところでリオノーラ様のお披露目のためにこれだけの衣装をご用意されるなんて、イライアス様は王室へ多大な敬意を払っていらっしゃるんですね」

にこやかな口調で衣装を褒められたが、リオノーラではなく、国王の機嫌を損ねないための衣装だと言っているようだ。リオノーラは小さく頷くだけに留める。

「本当にありがたいことです。夫には大変感謝しております」

「ですが、このように素晴らしい披露の場を用意されたとは言え、今後のことを考えると、目の不自由なリオノーラ様に公爵家の采配は大変でしょうねえ」

徐々に会話に毒が混じっていく。チェルシーの取り巻きに言われっぱなしのせいで、周りの空気がどこかリオノーラを軽んじる空気になる。リオノーラがそれにどうやって対応しようかと思ったその時。

「リオノーラ様、こちらにいらっしゃったのですね。今まではご令嬢とのお付き合いが多かったでしょうけれど、伝統あるエリスバード公爵夫人となったのです。是非こちらに来て、貴婦人方とお話をしてくださいませ。皆様、エリスバード新公爵夫人に興味津々ですのよ」

その時、明るく朗らかに声を掛けてきたのは、イライアスの母で、エリスバード元公爵夫人だ。社交界では女性は嫁いだ家で立場が決まる。つまり未だ嫁ぎ先の決まっていない貴族令嬢より、王室に次いで高位の公爵家に嫁いだリオノーラの方が明確に立場が上なのだ。

「お義母様……ありがとうございます」

咄嗟にお礼を言うと、夫人は柔らかく笑みを含んだ声で返してくる。

「この衣装、息子が今王都で一番人気のドレスメーカーに頼みこんで、用意させたものなんですの……。しかもリオノーラ様の髪の色に合わせて、このバラ色の衣装がいいとドレス生地の取り寄せから、もう散々我儘を言って……」

そう言うと、エリスバード元公爵夫人は、そっとリオノーラの手を取って柔らかい笑みを含んだ声で話を続けた。

「……生真面目で堅物の息子が、妻となったリオノーラ様には本当にメロメロなんですよ。あの子が奥方になった女性をこんなに気遣って大切にするなんて、国王陛下はなんて素晴らしい姫君を当家に降嫁してくださったのだろうと、心から感謝しているのです。それに私には娘がいないので、リオノーラ様に対しては、もったいなくも可愛らしい娘ができたように思っています。ですから私の新しい娘を、皆様に紹介させてください」

如才のない夫人の言葉を微笑ましく思ってくれたのだろう、周りの貴婦人たちは笑いさざめく。その様子に圧倒されたように、『お邪魔のようですので失礼いたします』と小さな声が聞こえて、チェルシーたちが一斉にフロアを移動したらしい。カツカツと靴音が遠ざかっていく。

しばらくするとイライアスも戻ってきた。その後はイライアスの母をはじめとした穏やかで気品のある夫人たちに囲まれて、リオノーラは生まれて初めて誰かに貶められることもなく、落ち着いて宴に参加することができたのであった。

＊＊＊

「リオノーラ、起きているのはわかっているよ」

クスクスと笑う声が耳元に心地よい。そっと手を取られ、大きな手で包み込まれる。週に一度だったはずの閨が、気づけば毎晩のように一緒の寝室で眠ることになっていた。夫婦となって一緒に眠ることが増えれば、肌を合わせるのも決まりごとではなく、自然とそうなるようになっていた。

今日もふたりは寝間着を身につけていない。裸の夫に抱き寄せられて、リオノーラは真っ赤になったまま、顔を背ける。

「私、まだ起きてはいません……」

「困りましたねえ。私の妻は寝たふりが下手すぎる」

どうせ目を瞑っているままなのだ、起きているとは気づかれていないだろうと、温かい腕の中にいる一時を楽しんでいたことはすぐに悟られてしまった。楽しそうに笑うイライアスの声に、リオノーラは寝たふりをするのを諦めた。

「おはようございます。イライアス」

「おはようございます、リオノーラ。突然ですが、今度エクリプスまで行きませんか？」

リオノーラは彼の方に向き直り、首を傾げる。

「エクリプスって……国境のある町でしたよね」

「ええ。近くにリオノーラのお母様が生まれた故郷の村があるそうです。先日、継承後のお披露目の時、エクリプスがあるユージェイル領主である伯爵がいらして、いろいろ話を伺ったのですよ。その際に、よろしければユージェイル領に観光に来ないか、と誘われまして」

その言葉に、リオノーラは首を傾げる。何故突然そんな話をしてくるのだろうか。

「……あっ」

「どうかしましたか？」

「……いえ。何でもありません」

ふと、輿入れの日に予見で視えていた旗の一つを思い出す。あれはユージェイル伯爵領の旗だったのではないか。だとすれば、イライアスは何か理由があって、ユージェイルの現況を確認したいのかも知れない。

「ユージェイル伯爵夫人は、リオノーラの叔母上にあたるのですね。奥方が是非、姪《めい》に会いたいと、おっしゃっていたそうですよ」

だが思ったのとは全然違うことを言われて、リオノーラははっと顔を上げる。

「私に叔母様がいるのですか？」

思わず大きな声を出してしまったが、イライアスにはその問いが意外だったようだ。

「叔母様がいらっしゃることをご存じなかったのですか？」

「ええ……母の親族についての話は、何一つ聞かされていなくて……」

イライアスは小さく吐息を漏らす。

「そうだったのですね。今回の公爵位継承のお披露目では、ユージェイル伯爵にご挨拶するのも私の目的の一つだったのです。リオノーラのお母様のことについて、いくつか伺いたいことがあって……」

そう言うと、イライアスはそっとリオノーラの髪を撫でて話を続ける。

「……私の母の話をですか？　なんでいまさら」

「リオノーラ様の母君セシリア様は国王陛下の愛妾ということで、あまり表に出てくる方ではなかったと父から聞きましたが……優しくて美しい人だったと聞いています。ただ気に掛かることがあって」

瞬間、リオノーラの髪を撫でていた手が止まり、彼はなんと言うべきかと悩むように言葉を止めた。

「実は私とリオノーラが結婚するにあたって、国王陛下より最重要課題として命じられたのが、貴女との間に女児をもうけることだったのです」

「……女の子、ですか？」

跡継ぎとなる男子を産めというのならわかる。だが必ず女児をと言われた意味がわからなくて、リオノーラは首を傾げる。

「ええ。聖女は成人に近づくにつれ能力が衰え、母となると完全に力を失い、代わりにその聖女から生まれた子は高い確率で何らかの力を得るそうなのです。だから国のために、リオノーラとの間に必ず女児をもうけるように、と……」

その言葉を聞いた瞬間、あの日のことを思い出す。幼いリオノーラが父王と二人、密かに訪ねた森の奥にある神殿のことを。

「まさか娘も……私のように視力を奪われるということですか？」

その言葉に、イライアスは息を呑む。

「……視力を奪われる？」

「ええ。私はあの時までは……普通に見えていたんです」

「あの時って、いつのことですか？」

父とあの森の緑深い神殿に行った時は、自分に何が行われたのかわかっていなかった。だが、あの時自分は神に供物として捧げられ、視力の代わりに予見の能力を手に入れたのだ。自ら望んで得た能力ではない。正直そのことに気づいた時は、父を恨んだ。

けれどこの国の民にとって、リオノーラの能力は遠海を旅する船の羅針盤のように支えになる力だ。それを授かるリオノーラは国にとって必要な、貴重な存在なのだ。国の王女として為すべき義務なのだと言われて、いまさら見えるようになるわけでもないから、と諦めていた。

「いえ……私のことは手遅れですからいいのです。でも私にもし娘が生まれたら、私のこの目のように、娘も何かを犠牲にさせられて、聖女としての力を得るということでしょうか」

父王はいつでも正しい。そうずっと自分に言い聞かせていた。リオノーラに優しくなくても、一国の王として、何よりも犠牲にしなければならないものがあるのだと信じたかったのに。それがリオノーラに犠牲を強いただけでなく、リオノーラの子もまた、同じ運命を辿《たど》らせようとしている。そのためにイライアスの元に嫁がせたというのか。

「その辺りの事情がわからなかったので私もいろいろ調べていたのです。リオノーラの予見の能力についても……。貴女は生まれつき目が見えなかったわけではなく、五歳になる年に父王とユージェイル領にあるお母様の墓参りに行ったあとから、目が見えなくなったと知って……」

その話にリオノーラは首を傾げる。

「私、母の墓参りに行ったことはないです」

「……いろいろと話のつじつまが合っていませんね。ではやはりユージェイル領に行って確認をしましょう。なにより……私はお母様に貴女との結婚をご報告したいのです。それに貴女が視力を奪われた経緯について、そのままにしておきたくないです。私たちの子どものためにも」

そっと手を握りしめ真摯な態度で伝えられた言葉に、リオノーラは頷く。

窓からゆっくりと明るい光が入ってきて、新しい朝の訪れを告げる。

「……それでは今日も一緒に朝食を摂りましょう。その後私は王宮に出掛けてきます」

額に唇が落ちてきて頬を撫でられる。最後にちゅ、と小さく唇にキスをされて、気分を変えるかのように柔らかい笑い声が聞こえる。

「今日の朝食は私がお茶を淹れましょうか。こう見えても、東の国でお茶の淹れ方を教えてもらった経験があるので、なかなか美味しく淹れることができるんです」

「まあ、それは一度飲ませていただかないといけないですね」

彼の言葉にリオノーラもいつものように笑い返す。

「ええ。ではまた朝食の時に……」

そっと髪をくしけずられて、立ち去りがたいようにもう一度キスをされた。だが彼が一向に立ち去らず、二度三度と繰り返されると、リオノーラはこそばゆいような気持ちになりながらも、さすがに少し困ってしまった。

「……あの、私、着替えないといけないので」

「確かにきりがないですね。それでは名残惜しいですが……わかりました。ではまた後で」

やはりわざとからかっていたのだ、と文句を言おうとすると、その唇を最後にもう一度塞がれた。それからするりと髪の一房を指に絡めてその先にもキスが落ちる。

「あのっ……」

じわりと紅に染まるリオノーラの頬を撫でて、彼は踵《きびす》を返す。いつものようにくつくつと楽しそうに笑う声が遠ざかり、代わりにミアが部屋に入ってくるとガウンを着せてくれ、一緒に寝室を出る。次の間で待ち構えていた公爵邸の侍女たちがリオノーラの朝の支度を一斉に始めた。

＊＊＊

それから十日後、リオノーラはイライアスと共に旅に出た。それは目の見えないリオノーラにとっても、思いがけず刺激が多い日々の始まりだった。

「ああ、こんなところに花がたくさん咲いていますよ。少し馬車を止めて、外に出てみませんか？」

イライアスの声に頷くと、馬車はすぐに止められる。そのまま彼のエスコートで馬車を降りると、地面に敷物が敷かれたようだ。そのまま敷物の上に腰を下ろすと、そよそよと頬を撫でる風が気持ちいい。イライアスがしばらく休憩する旨を伝えると、随行者たちはその準備に動き回る。

「良い天気ですね」

はぁっと心地よさげに声を上げたイライアスの様子に、きっとリラックスしているのだろうとリオノーラは思う。

「リオノーラも足を伸ばしてみたら？」

そう言われて、おずおずと足を伸ばすと、大きなクッションを頭にあてがわれて、横たえられてしまった。

「まぶしいですね……」

顔を空の方に向けると、瞼の奥が白く感じるほど明るい。太陽がさんさんと降り注いでいるのを体で感じ取る。深く息をつくと敷物の上に寝転がっているからだろう、ムッとするような濃い草いきれがリオノーラを包んだ。それから素朴だが甘い花の香りも。

「私、外で寝転がったの、初めてです」

空を向いたまま、リオノーラは成長する草木のように手を上に伸ばす。野外で横になっている自分が不思議で、思わず声を上げると、イライアスは楽しそうに笑った。

「それはよかったです。初めてのことは楽しいでしょう？　それにここは自由ですから」

うーんと伸びをするような声が聞こえて、リオノーラは伸ばしていた手を下ろし、イライアスの方を向く。

「自由？」

「ええ、私はずっと異国にいて、あちこち自分の好きなところに行っていましたから、王宮勤めの生活は窮屈で、たまに息抜きをしたくなります」

柔らかい声が心地よい。彼がこちらを向いて伸ばしてきた手が、リオノーラの手と繋がる。大きな手に包み込まれる感覚が気持ちいい。自然と今までずっとこわばっていた体から力が抜けていくような気がする。これが息抜き、ということなのかもしれない。

「私は……今まで息抜きなんて考えたことがなかったです」

「そうかもしれませんね。では息抜きの達人の私が、ご教授しましょう。息抜きにはコツがあるのですよ。すこし練習も必要かも知れません。リオノーラは頑張りすぎです。私みたいにいい加減になったらいいのです」

そんなことを言いながら、イライアスこそ仕事に勤勉で有能なのは言うまでもない。その上、いつもリオノーラを気遣ってくれている。新しい環境になってからリオノーラが体調を崩さなくなっていたのも、常に心配りをする優しい人が夫になったからだ。

「私、こんなに幸せでいいんでしょうか……」

たまらずぽつりと漏れた声は、外には出ずに口の中で溶ける。それはミアからこっそり食べさせてもらった綿飴《わたあめ》みたいに甘くてふわふわで、リオノーラを不思議な気持ちにさせた。

「……リオノーラ、どうしたんですか？」

日差しが温かくて眠たくなる。幸せすぎて全部、お日様の光に溶けてしまいそうだ。

（見えなくても、いろいろ感じ取れることはあるのね……）

今まで目が見えないのを理由に、いろいろ諦めすぎていたのかもしれない。だったら真実を告げて、彼と本当の意味で夫婦になりたい。イライアスと手を繋いだまま、いつもより少しだけお腹に力を入れて声を出した。

「……実は私、イライアスのことをずっと前から知っていたんです」

そしてイライアスに文通の代筆をすることになった経緯と、どうして今まで言えなかったのかを伝えた。リオノーラがすべてを話すと、イライアスは何故か黙ってしまった。やっぱり彼は嘘が許せないのだろうか、と不安になる。

「あの……今まで黙っていたこと、怒ってますか？」

沈黙に耐えきれなくてそう尋ねると、彼はそっとリオノーラの手を取り、その手を彼の頬に当てさせた。リオノーラの手のひらの中で彼は微かに頬を緩め、怒ってないと伝えるように顔を左右に振る。

「リオノーラ、話してくれてありがとう。そして黙っているのは悪いから、私も白状する。実は貴女がチェルシーの代わりに手紙を書いていたこと……知っていました」

「ど、どうして黙ってたんですか」

手紙が彼に渡った経緯を聞いて、リオノーラは恥ずかしさや戸惑いで思わず大きな声を上げてしまった。イライアスはそっとリオノーラの背中に触れて、機嫌を直して欲しいというように撫でる。

「申し訳ない。貴女から直接、手紙の件を聞きたくて……」

リオノーラははぁっとため息を吐き出す。チェルシーのふりをして文通していた自分。そしてその罪を告白した手紙を密かに持っていたイライアス。

(悪いのはどっちもじゃない)

思わず苦笑が漏れた。

「……それじゃあ、おあいこ、ですね」

「……え？」

「どっちも悪いのでおあいこです」

彼の方を向き直る。すると彼はリオノーラの肩をギュッときつく抱きしめた。

「あの、どうしたんですか？」

「リオノーラが、笑っている」

そう言われて、初めて自分が声を上げて笑っていたことに気づく。

「私だって笑いますよ」

「違う。笑ったリオノーラが可愛いから、抱きしめたくなった」

そっと額にキスをして、素早く唇にもキスを落とす。二度三度繰り返されて、ドキドキと心臓の鼓動が高まっていく。だがその時、どこからか咳《せき》払いの声が聞こえて、ここが白昼の屋外だと思い出した。

「……困ったな」

「本当ですっ」

周りに人がいたことをすっかり忘れていた。思わずイライアスから顔を背け、唇を尖らせて文句を言うと、彼はリオノーラの耳元に唇を寄せた。

「多分困っている理由が違う。私はなんでここが二人のベッドじゃないんだって思ってる。抱きしめるだけじゃ全然足りない。今すぐ貴女を抱きたいのに」

明るい日差しの下で不埒《ふらち》なことを平然という夫に、リオノーラは顔を真っ赤にして彼の腕の中から逃げ出し、慌ててその場に座り直す。そんなリオノーラが面白かったのか、彼も喉の奥を震わせて笑い、どうやら敷物の上に座ったようだ。

「……さて。休憩は終了だな。早く今夜の宿に向かおう。私は宿屋のベッドが恋しくなっ

てきた」

あんなことを言うから、彼の言葉がそういうことを意味しているみたいに思えて、リオノーラは急いでミアを呼ぶ。すると黙って様子を見守っていたのか、楽しそうに笑うミアに日傘を差し出され、その陰に逃げ込んだ。眩《まぶ》しい日の光は翳《かげ》ったけれど、それでも温かくなった心は変わらない。リオノーラは本当のことをイライアスに伝えられ、そして受け入れられた喜びを、一人じっと噛みしめていたのだった。

＊＊＊

「リオノーラ、私の腕に掴まって」

そうイライアスに声を掛けられて、馬車から降りる。そこは母セシリアの出身地だというユージェイル領だ。

「エリスバード公爵、リオノーラ様、ようこそユージェイルに。ユージェイル伯マリウスです」

馬車を降りた瞬間、優しい声が聞こえる。初めて会うユージェイル伯爵は声の感じから言って、壮年の男性らしい。

「リオノーラ様、こんなに大きくなって……。大人になった貴女の姿を見ると、本当にお姉様によく似ているわ」

涙声で話す誰かが近寄ってきて、そっと抱きしめられた。

「あ、あの……」

「覚えてなくても無理はないわ。私はコーネリー。貴女のお母様の妹で、貴女の叔母なの。貴女とは小さい頃に会っているわ。でも貴女はあの時発熱して目が見えなくなってしまったから、ショックで何も覚えていないかも知れない」

コーネリーはリオノーラの背中をそっと撫でて、イライアスに言う。

「すみません。つい感情的になってしまって。エリスバード公爵、初めまして。ユージェイル領にようこそお越しくださいました。まずは屋敷でおくつろぎください」

そうして案内されたユージェイルの屋敷では、イライアスはユージェイルの歴史を知りたいと言い、マリウスの許可を得て晩餐まで図書室で調べ物をすることになった。一方リオノーラは叔母コーネリーとお茶の時間を過ごすことにした。

「……私もお姉様もアーガイル村の出身で、村長の娘なのです。私は父に連れられて来たユージェイルでの宴で伯爵と出会い結婚しました。そして姉は私の侍女としてユージェイルの屋敷に来ていて、こちらに行幸された国王陛下に見初められたのです」

ゆっくりとお茶を飲みながら穏やかに話をしていると、もしかして母が生きていたらこんな感じだったのだろうか、と思う。だが母セシリアはリオノーラを産んですぐに体調を崩し、物心つく前には亡くなってしまった。生前の母は慣れない王宮より、故郷に埋葬されることを望んだため、アーガイルに彼女のお墓があると教えてくれた。

「葬儀はこちらで全部行ったのですが、リオノーラ様が五歳になる時、わざわざ国王陛下自らリオノーラ様を連れてこちらに来てくださって、姉の墓所に詣ってくださったのですよ」

そしてその帰り、リオノーラは発熱し、そのまま目が見えなくなってしまったのだと説明してくれる。

「私は森の神殿に行った記憶があるのですけど……あれはアーガイル村の近くにあったということなのでしょうか？」

そう尋ねると、コーネリーはすぐに答えてくれた。

「ええ、そうです。神殿のそばに村人たちの墓所もあるのです。村からすこし距離がありますが……村人にとってあそこはとても神聖な場所なのです」

（でも、私はお母様の墓参りに行った記憶はない。だとしたら、国王陛下は何故あの神殿に行ったのかしら）

この国では、神も神殿も信心深い人以外からは、あまり重視されていない。その上、父王も信心深さとは縁遠い人間だ。だとしたら、何故わざわざこんな遠くまで神殿に参りに来たのか。その理由があの儀式を行い、リオノーラに予見の能力を与えるためだったのだとすれば、村に住んでいた叔母なら何か知っているかもしれない。

「実はあの神殿に行ってから、私、未来のことがわかるようになったのです。目が見えなくなった代わりに未来が見通せるようになったのだ、と城の神官には言われたのですが、何かご存じですか？」

　コーネリーが息を呑む。だが次の瞬間に聞こえてきた声は、驚きを押し隠したような柔らかい声だった。

「……いいえ。ただ、あの神殿は昔、何かを望む人に対価を要求して、その望む物を貸し与える、という言い伝えがありましたが……」

「………」

　やはりそれが予見の能力だったのではないか。思わず黙り込んでしまった叔母も、その可能性に気づいたのかも知れない。

「……明日、お母様のお墓に参りたいと思っています」

「ええ、そうね。セシリアはとても愛情深い人だったから、きっとリオノーラ様も守ってくれることでしょう」

　話題が変わると少しだけホッとしたようにコーネリーが話を続ける。確かにユージェイル伯爵家からすれば、サファーシス王であるグレイアムの行動について、余計なことを言えるわけもない。リオノーラもその気持ちは理解できるので、それ以上は触れずに、それからは、お茶会に相応しいあたりさわりのない話題を選ぶようにした。

第六章　愛を確かめ合う水辺の夜

その後、ユージェイル伯爵家での晩餐は和やかに終わり、リオノーラとイライアスは湯浴み着を身につけて、浴槽で湯に浸かっていた。

この辺りは地中から温かい泉が湧き出しており、それが療養に良いというので、ユージェイル伯爵邸には、客人の為に庭続きの豪奢な浴室が用意されているのだ。

サファーシスの南にあるため温暖なユージェイルでは初夏のこの時期、二人並んで腰の辺りまで満たされた湯に浸かっていると熱いくらいだ。外から入ってくる風が涼しくて心地よい。月が出ているらしく蝋越しに仄かに明るさを感じる。

リラックスできる状況にもかかわらず、どちらも何を言うべきか迷っていた。風呂にいるため人払いしている。二人の時間は侍女たちも邪魔をしない。秘密の話をするのであれば今話さないと、とリオノーラは決意する。

「明日お母様のお墓に行くために、アーガイルに行く予定なのですよね……」

リオノーラの言葉に、イライアスは小さく頷く。

「ええ、その予定です。なにかコーネリー夫人から言われましたか？」

リオノーラの考えは既にわかっていたらしい。イライアスから尋ねられて、リオノーラはコーネリーから聞いた話と自分の予見の能力が、父王の望みによって視力と引き換えに神から与えられたものではないかと話した。

「なるほど。やはり、そうでしたか」

彼は衝撃的な話であったのにもかかわらず、さほど驚いてはいなかった。ある程度この状況を予想していたようだ。

「私は、今日の午後はこの屋敷の図書室で、この辺りの歴史について調べていました……」

そっと、イライアスが向き直ってリオノーラの手を握りしめる。彼が動くと、湯の揺れる水音がする。ふわりと温かい湯の香りがして、自分たちの話の深刻さと、温泉で温まりながら話をするという状況が不釣り合いでなんだか不思議だ。

「こちらの図書館で確認したところ、この数百年の間にアーガイル村出身の女性が何名か王家に嫁いでいるのです。辺境の小さな村としてはありえない数なので、何かしらの意図があったと考えるべきですね」

イライアスの言葉にリオノーラは小さくため息をついた。なんとなく予想していたことだけれど、アーガイル出身の母親から生まれた姫君は、自分のように何かを犠牲にして、王家に役立つ能力を得ることになったのだろう。

「ユージェイル伯爵に伺ったところ、アーガイル村は神殿の神官の末裔《まつえい》が集まってできた村だそうです。そして権力者に嫁に出す以外はほとんど外の人間とは婚姻を結ばず、その血筋をずっと守ってきた、と。もしかするとアーガイルで話を聞けば、リオノーラの視力を取り戻す方法がわかるかも知れません」

その言葉に、リオノーラははっと顔を上げた。

「取り戻せる、ものなんですか？」

「ええ。昔の話で詳細は定かではないのですが、雨を降らせる代わりに四肢の力を失った少女が村を飢饉《ききん》から救った後、元の体に戻り幸せに暮らしたとありました。他にも似たような話が……」

彼の話にリオノーラは不安な気持ちのまま頷く。

「言い伝えによれば授かった能力は神から預けられたもので、神に返す時に聖女自身の瑕疵は消失し、元の体に戻るものと考えられているようでした。だとすればリオノーラの力も神に返上することで、視力を取り戻せるということになるのではと思うのです」

能力を返し、視力を取り戻す。

（大人になってからは、予見で見える内容の質もどんどん落ちている。もともと大人になればなくなる能力だとお父様も言っていた。だったら今、予見の力を神様に返せば、元のように目が見えるようになるんだろうか）

もしそんなことが可能であるのなら……。期待と不安で一瞬ぎゅっと手を握りしめる。するとイライアスがこわばった拳を緩めるように撫でてくれた。

「リオノーラは視力を取り戻せるのなら、見えるようになりたいですか？」

もちろんそうだ、と答えるのを期待しているように、彼の声は落ち着いている。けれどそんな簡単に出せる答えではない。

「……少し、怖いです……」

ほっと息をついた直後、自然と漏れたのは本音だった。彼は微かに震える彼女をそっと抱き寄せる。もうすっかり馴染《なじ》んだ彼の肌の香りに包まれ、リオノーラは自分の本当の気持ちを告げる。

「私は五歳から見えない世界で生きてきました。それが私の日常となっています。……もちろん、イライアスの顔を見てみたいと思うこともあります。ですが見たくないものまで見えてしまうかも知れないと思うと、不安になるのです……」

宥《なだ》めるように額に口づけられて、リオノーラはそっと彼の胸に顔をすり寄せる。

「その気持ち、私も想像することができます。ですがこれから……もし、私たちの間に、子どもができるとしたらどうですか？」

彼の言葉に、リオノーラは一瞬目の見えないまま、子どもを抱きしめる自分を想像する。子どもが何で泣いているのかわからずに困る自分。転んだ時に、膝の傷すら見てあげられない自分。けれど見えるようになったら……母に抱きしめられて満面の笑みを見せる子どもの顔を、この目に映すことだってできるのかもしれない。

（私はそんな風に抱きしめられた記憶がないけれど、子どもを授かることがあれば、そん

な風に抱きしめて、お互いの顔を見ながら思いっきり笑いたい)

「…………そんな未来があるのなら、私、見えるように、なりたいです」

まっすぐ視線を向けるようにイライアスの方に顔を向ける。

「私もリオノーラと共に世界を見たい。そのためにできる限りの努力をしようと思います。リオノーラが私にとって、何よりも大切で愛しき存在だから」

何度も目元に唇を寄せられて、甘やかすように髪を撫でる。今までリオノーラと一緒にいて、常に優しくしてくれる人はミアしかいなかった。それにこんな風に口づけてくれる人もいなかった……。

温かい湯に浸かりながら、ひたすら甘えさせてくれる人の胸に体を預けると、不安なことがなにもないような、そんな気持ちになってくる。

「私はイライアスと結婚するように、と言われて嬉しかったけれど、貴方に嫌われることが怖くて……」

何でも素直に告げよう。きっと彼は自分を受け入れてくれるから。ゆっくりと口角を上げて、笑顔を浮かべるようにする。

「私はきっと、文通をしている時からイライアスのことが好きだったんです。でも嘘をついてチェルシーのふりをして手紙を送っていたし、嘘つきでこんな体の不自由を持っている私には、イライアスに自分の想いを告げる資格はないのだ、そう思ってました」

そう言った瞬間、先ほどよりきつく抱きしめられて、リオノーラは言葉を失う。

「それは……つまりリオノーラも、私のことが好きだ、とそういうこと？」

いつもの彼に比べると少し荒々しい仕草だったのに、尋ねる声はまるで幼い子どものように不安そうだった。だからリオノーラはもう一度笑みを浮かべて答える。

「ええ。そうです。私はずっと誠実な手紙を送ってくれていたイライアスが好きだったんです。でも、一緒にいるようになって優しい心遣いをしてくれる夫が、もっともっと大好きになりました」

イライアスを信じて裏切られるのが怖いと思っていたときもあった。それでも彼を信じたいと思い続けていられたのは、あの手紙があったからだ。そしてその手紙の主が、結婚してからこんな自分を妻として大切にしてくれたからだ。だから少しだけ自信が持てるようになった。

「貴方が私に自信をつけてくれたから、私は自分の想いを告白することができたのです」

「ああ……リオノーラ。そうだったら、どれだけ嬉しいか」

彼は、深い息と共に臓腑《ぞうふ》の奥から絞り出すようにリオノーラの名を呼んだ。それなのにその後は言葉を失ったかのように黙ってしまう。目の見えないリオノーラは彼の表情がわからない。だから自然と速まる彼の呼吸のリズムで、彼の心を探ろうとそう思った瞬間。

「私も貴女が好きです。異国にいた私に温かい気持ちがこもった手紙を送り続けてくれた貴女が。そして妻として私の傍らにいて、優しい笑顔を見せてくれる貴女が」

ゆっくりとそしてまっすぐに告げられた言葉は、喜びに溢れているようにリオノーラには思えた。唇を寄せてキスをする。そのキスが嬉しくて、リオノーラは自分から手を伸ばし、彼のうなじにそっと手を添え、もっと深く彼を求めた。

「……ずっと好きです。リオノーラ、貴女を愛しています」

確かめるように、何度も囁く言葉がリオノーラの胸の中で鮮やかな花を咲かせる。全身に熱がこみ上げてきて熱くなる。

「私も、愛しています」

彼の手がリオノーラのうなじと腰に回されて、より一層深い口づけを送られる。情熱的な彼の想いにリオノーラは嬉しさと喜びに息が止まりそうになった。

「貴女が本当に愛おしい。今すぐ貴女が欲しい」

普段穏やかな彼とは違う、掠《かす》れて性急に訴える声に、鼓動はますます激しくなる。

「……私も、貴方が欲しいです」

小さい声で同意を告げると、彼は嬉しそうにリオノーラの湯浴み着に指を滑らす。

「だけど、こんなところで」

リオノーラの身につけているものを脱がそうと彼の手が動くから、思わず焦って声を上げてしまった。

「……心配いりませんよ。ここは寝室の続きのようなものです。呼ばない限り誰も入ってきません。それに……」

くすりと笑う吐息が耳元に掛かり、思わず身を震わせてしまう。

「リオノーラも感じるでしょう。木々のざわめきや、湯の香り。心地よい風や、微かに漂ってくる花々の香り。旅先でないと感じられない空気ですよ。こんな素晴らしい場所なんです。たまには自分を解放してみたらいい」

「自分を、解放？」

「ええ、そうです。試してみたらきっとリオノーラにとっても忘れられない記憶になります」

彼の言葉にどこかでワクワクしている自分もいる。目が見えなくなって初めて、夢にまでみていた旅に出たのだ。そしてずっと好きだった人に好きと伝え、彼からもまた愛を告白された。

今までこんな自分で満足してもらえるのだろうか、と不安な思いで過ごしていたのがまるで嘘みたいだ。

（きっと今の私が、イライアスを求めているように、彼も……）

自分が彼を好きだと思うのと同じく、彼も自分の事を好きなのだ。確信した途端、クラクラと目眩がするほど嬉しくて、歓喜の感情で舞い上がってしまいそうだ。

（私が生まれて初めて、欲しいと言えた人。そしてこんな私を受け入れたいと言ってくれる人）

その事実がリオノーラの心を強くする。湯浴み着の腰で結ばれているリボンを彼が解く手に、上から重ねて手伝うと、彼はくつりと小さな笑い声を漏らした。

「ああ、リオノーラ。貴女にも望んでもらえるなんて」

するりとリボンが解け、互いに首元から湯浴み着を脱がせるように手を入れて、襟元を広くくつろげる。楽しくて、嬉しくてクスクスとお互いに笑う声が重なる。

「幸せ、ですね」

一瞬手を止めた彼が、リオノーラの唇にキスを落とす。

「はい、幸せです……でもちょっと悔しくもあります」

珍しい彼女の言葉に、イライアスが息を呑む。きっと目を見開いているに違いない。

「……だってもし、目が見えるようになったら、幸せだと思ってくれるイライアスの顔が見られるんですよね。なのに今見られないのは悔しいです」

「ふふ。貴女がそんなことを言うなんて。大丈夫です、たとえ何年たっても貴女に触れれば私はいつも幸せだと思いますから。見えるようになればいつでも貴女の夫の、幸せで脂《やに》下《さ》がった顔を見られます。だから私と一緒にその方法を探しに行きましょう」

「……そんな幸せ、願ってもいいのでしょうか？」

ぽつりと弱気になった心がそんな言葉を呟かせても。

「願ってください。たとえ今回上手くいかなくても、私が一生掛けて、貴女の目が再び見えるようになる方法を探します。何よりリオノーラが私と結婚してよかった、と心から思えるように、幸せにしますから」

誓うように手を取り、リオノーラの華奢な指先に唇を寄せる。

「では私も目が見えてても見えなくても、イライアスを幸せにするって……そう誓います」

「でしたら、今すぐそうしてください」

そう告げると、彼はリオノーラを抱き上げて寝湯ができる場所まで移動し、そこに横たわらせた。温かい湯のベッドの中で、二人で鼻先を擦り笑い合って唇を寄せる。リオノーラの世界は見える世界ではない。その分触れ合う感触や、微かな吐息や囁き、熱を発する肌の香りを感じ取れる。唇が触れ合って、彼の大きな手がリオノーラの首筋を撫でた。

「寒くは、ありませんか」

大きくて温かい手はイライアスの人柄のままだ。湯を掬《すく》い首筋から掛けてくれる。撫でるように喉元を優しく手のひらで触れられると、心がホッとする。身じろぎするたびに、揺らぐ湯の音が響く。

「温かくて、気持ちいいですよ」

「確かに気持ちよさそうですね。リオノーラが穏やかな顔をしてくれると嬉しいです。でも……」

耳元に唇が寄せられて、艶めいた声が聞こえる。

「今からは、もっと蕩《とろ》けそうなくらい、淫らな顔をしてもらいたいです」

くちゅり、と音を立てて耳朶《みみたぶ》に舌が這わされて、艶めいた囁きにゾクリと身を震わせる。はぁ、と切なげな吐息が自然と漏れた。

「やぁっ……」

「これだけで体が震えてしまうのですか？　リオノーラは本当に可愛いですね」

　こんな風に愛おしげにリオノーラを撫でてくれる男性は、彼女の世界に存在していなかった。それにゾクゾクする声で誘惑するような言葉を囁き続ける人も。

「もっと素直に感じてください。今までは、夫婦の義務だと思っていたかも知れません。でも私は男として、もっと深く貴女を愛してみたかったんです」

　あの初夜以来、少しずつ心の距離を縮めていたけれど、それでも熱に浮かされるようなものではなく、やはり子どもを授かるための儀式的な行為だった。それが今日はどこか違っている。彼の切迫するような声や熱を帯びる吐息や、熱くなっている体がいつもよりリオノーラを欲しがっている彼の気持ちを伝えているように思えた。

「……ずっと貴女を愛おしいと思っていました。一方的な気持ちを出し過ぎて、貴女に怯えられないように気をつけないといけないほどに」

　肌に唇が触れるたび、強く吸い上げられる。そのたびに肌に紅い花が咲くことは、湯浴みの時にミアに指摘されて知っている。その花を今だけでいくつ、つけられたのだろうか。

「……こうやって痕を残すのは、リオノーラが私の大切な宝物だと、貴女の肌に記すためなのです」

　熱っぽい吐息と共に、再び痕をつけられる。普段は理性的な彼が、これだけ自分を求めているのだと思えば、リオノーラはそれすら嬉しく感じる。

「私、イライアスに求められてるの、嬉しいです」

肌に走る痛みに悦びを感じてしまう。痕がつけられるたび、ヒクヒクと体が跳ね上がる。

「これもリオノーラが見えてない間しかできないかもしれないな。見られたら……多分怒られる気がする」

「……え？」

ぼそぼそと呟く彼に、何を言っているのか聞こうと思った瞬間、胸の先に吸い付かれて、頭の中に軽く火花が走る。

「やぁっ……」

きゅっとお腹の奥で熱い疼きがうねり、じわっと涙で目が潤む。リオノーラが体を震わせていると、背中に手を入れられ湯に浮かせるようにして、彼はリオノーラの胸を丹念に嬲り始めた。

「は、ぁあっ……ふぁ……」

堪えきれずいくつも甘い声が漏れてしまう。普段より荒々しい口での愛撫は、彼女が感じて揺れるたび、湯の音と共に辺りに淫らに響き、リオノーラは耳からも犯されていくようだった。体を浮かせた状態で、胸に腹部にと体中にいくつもキスが落とされていく。そのたびにリオノーラは湯の中で身を震わせ、体は自由に動き回り揺らめく。

「……本当に、美しい……」

ふと彼が顔を上げ囁く。

「なにが……ですか？」

「リオノーラの髪が湯の中で揺らめいている。月の光を受けて微かに暁色に……。白い肌も陶器のように艶やかで、熱を帯びて色づいて……まるで一枚の絵のようだ。貴女は本当に綺麗だ」

たとえ誰がリオノーラのことを醜いと言っても構わない。この人さえ綺麗だと思ってくれるのなら。リオノーラは嬉しくて微笑む。

「貴方がそう思ってくれるのなら、きっとそうだと信じます」

「ああ、信じてくれて構わない。だから恵みを私に与えて欲しい」

そう言うと彼はリオノーラの臀部《でんぶ》を掬い上げるようにして、開かれたあわいに唇を寄せる。

「だめ、そんな。急に」

ちゃぷちゃぷという水音と共に、感じやすい部分を貪られ、リオノーラは歓喜の声を上げる。

「ああ、そこ、い……のっ……ダメ、溺れちゃうっ」

快楽に耐えきれず彼を制止しようと声を上げると、彼がふとその行動を止めた。

「確かにこれでは溺れるな。夢中になりすぎる……うっかり湯まで飲んでしまいそうだ」

そう呟くと、リオノーラにうつ伏せになるように言う。寝椅子の枕の部分に顔を乗せ、体を伏せると腰を抱え上げられ、思わず声を上げてしまった。

「あぁっ。そんな……はずかしいっ」

膝をついて腰を高く上げた状態で、足を大きく開かされ再び貪られる。不安定になりそうな体は彼に抱えられ、胸まで伸ばした彼の大きな手が、その柔らかな感触を楽しむように、やわやわと揉《も》みたてる。ツンと硬くなっている先を指先で転がされただけで、お腹の奥がじくじくと疼いてしまう。

「あぁ、本当にたまらない……もっとリオノーラが欲しい」

切羽詰まった声で腰をぐいと抱き寄せられると、今度は硬くて熱い彼自身が溶けたそこに押しつけられる。硬く熱い幹を使って、溶けている蜜口や、その先にある感じやすい芽をじっくりと擦り立てられる。彼はリオノーラの背中にいくつもキスを落としながら、貴女が欲しいと、何度もねだるように囁いた。徐々にたまらない気持ちになってくる。

「あっ……あぁっ、だめ。もう熱くて……」

おかしくなってしまうと訴える。リオノーラは必死になって、下腹部に這わされていた彼の手を捕らえ、彼の手の甲に自らの手のひらを添わせ、彼が中にいる時に当たる奥の場所を示す。

「私も、イライアスがここに欲しいです」

それが今の素直な気持ちだった。彼女の言葉にイライアスがぐぅっと唸った。

「……つい、本当のことを。は、はしたないですよね。ごめんなさい。でも人を好きになると、こんな風に思うんですね」

恥ずかしさを誤魔化すように早口で囁くと、彼は荒い息を吐く。

「つい本当のことをって……。全く貴女という人は……。ああ、もう。男性を煽《あお》ると大変なことになると、その体で知った方が良い」

彼がリオノーラの蜜襞《ひだ》を割り、ぐっと中に入ってくる。中はまだ触れられず、何の準備もされていなかったはずなのに、リオノーラの中はイライアスを受け入れて、悦びに身を震わせていた。

「あぁ、イライアスっ」

「本当に、リオノーラの中は熱くてぴったりで気持ちいい」

熱っぽい吐息を耳元で感じるとドキドキする。彼は中を味わうように幹すべてを使うようにして擦り立てる。彼によって慣らされた体は痛みなど感じずに、もっと彼が欲しいと言うように彼自身をぐっと締め付けた。

「だめ、奥……あたる、の」

後ろから突き立てられたせいで、いつもより深く入ってくる。辛いくらいの激しさなのに、心と体の悦びが上回り、リオノーラの全身が愉悦に震える。動くたびに湯がかき混ぜられるような水音が、交わりの激しさをリオノーラに実感させた。

「ぁは、あぅ、も、イっちゃ……」

初夜にイライアスに教えられた絶頂は、毎回の閨で体に教え込まれている。そして回数を重ねるたびに、リオノーラが得る愉悦は、強さと深さを増していた。それが今強く求められ、段階を踏まずにいきなり極限まで向かっていた。

「あ、ぁあっ。ダメ、そこ……当たってしまうのっ……」

快楽に耐えきれずリオノーラの膝が崩れ落ちた。それでも彼はリオノーラの腰骨を軽く持ち上げるようにして、覆い被さりながらも彼女を貪ることをやめようとしない。彼が貪るたびに、湯がちゃぷちゃぷと淫らな音を立てて、リオノーラの羞恥心を煽る。

（あぁ、こんなところで、愛されて。恥ずかしいのに、感じてしまう）

「リオノーラ、辛くはないですか？」

彼の問いに喘《あえ》ぎでしか答えることができない。代わりにぎゅっと彼の手を握りしめた。貫かれるたびに、彼を受け入れている中がきゅんきゅんとうねる。疼くところを抉《えぐ》るように動かされるたびに、無尽蔵に愉悦が上がってくる。擦れて熱を帯びると気持ちよさが止まらなくなる。

快楽に堪えきれなくてむせび啼《な》く。達して喘ぎが途切れ途切れになると、ゆっくりと責められ、落ち着くとまた激しく求められた。今夜の夫は愛情深く、執拗だった。

「あぁ、リオノーラ、いつもより気持ちいいのですね」

体がガクガクと震えて、絶頂を極めるたびに耳元で尋ねられても、意味のあることなど答えられない。背中に愛おしげに落ちる口づけと、籐《とう》で出来た枕に頭を押しつけているリオノーラの唇の端に宥《なだ》めるようなキスが落ちてきて、そのたびに胸がときめいて、それがさらなる快楽に繋がっていく。

「リオノーラ、感じている貴女は本当に綺麗だ。そのままの貴女を、私は愛している」

愛していると言われながら彼に貫かれて、リオノーラはたまらず彼の手を握りながら、絶頂に追い詰められていく。

「あぁ、私も、イライアスが好き。大好きなの」

リオノーラの告白に、イライアスが中でひときわ硬くなり、彼女は夫も自分と共に絶頂を迎えようとしていることに気づく。

「リオノーラ、このままイッてください」

きつく抱き寄せられて激しく打ち付けられて、リオノーラは縁まで注がれたグラスから水が溢れ出すように、官能の悦びを溢れさせていた。

「……リオノーラ、顔を見せてください」

四つん這いでも支えられなくなった体を持ち上げられて、向かい合った彼の脚の上に乗せられる。座位になりずっと抱きしめられ、再び貫かれている。一度果てたはずの夫はまだ硬さを保ち、再びリオノーラを追い詰めていく。

「……イライアス、なんでっ……」

「萎《な》えないんですか、って聞きたいのでしょう？」

くすりと笑って、彼がリオノーラを揺らす。そのたびに腰の辺りにある湯が揺れ、水音がする。淫靡《いんび》で猥雑《わいざつ》で、艶めいている夫の吐息と、快楽をこらえるような切羽詰まる声にまたドキドキして、体の芯がうずき始める。

「……ずっと、貴女に『好き』と言えなかったからでしょうね」

鼻をこすりつけ、甘えるように囁く。

「貴女が手紙の真実を告白してくれるまでは、リオノーラに本当の気持ちは言わないって思っていたので」

「……あっ……ぁん。だから、言わせるって、イライアスは……ずるいですね」

「はい。私は陰険で結構意地が悪いんです。でもずっと結婚してからもリオノーラに片思いしていて、夫になってまで振られたら悲しいじゃないですか」

拗ねたような言い方についおかしくなってしまった。

「私だって一緒です。ずっと夫に……片思いしてました。妻になってからもずっとイライアスが好きだったの」

そう囁くと、彼は小さく笑った。

「リオノーラがそんな風に可愛いから、今晩は萎えないんです。……長い片思いの分、余計にね」

「……は、ぁあっ。だったら……もう、仕方ない、ですね」

長い片思いの分というのだったら、彼を求める気持ちは自分も一緒だ。リオノーラがそう答えると、彼は喉の奥を震わせて笑い、更に容赦なくリオノーラを貪り続けた。

＊＊＊

前日、温泉の中で散々睦みあったせいで、翌日の午前中、リオノーラは寝込んでしまった。そんなリオノーラを昼前に湯浴みさせて、体中の赤い花を指摘しながら、ミアはぷんぷんと怒りを発散させる。

「こういうのって下世話な言葉で『抱き潰す』とか言うんですよ。そんなことされて、リオノーラ様は怒ったりは……しないんですよね。まあ、お二人が幸せそうだからいいですけれどっ」

正直体は愛されすぎて辛い。でも心はずっと温かくてぽかぽかしている。

「もう。リオノーラ様ってばこんなにされてまで、思いっきり愛されてます、幸せですって顔してますよ。本当にこの状態で、午後からお出かけされるんですか？」

今日はアーガイル村に向かう予定なのだ。午後からの外出の為にミアは外出用のドレスをリオノーラに着せてくれる。

「アーガイル村は、のどかで良いところらしいですね。それになんだかとても神聖な空気が流れている森があるとかで。伯爵夫人の出身村なので、侍女の中には一緒に行ったことがある人も何人かいましたよ」

ミアはミアで、ユージェイル邸でいろいろ聞き込んでいたらしい。

「ええ。私のお母様のお墓もあるらしいの……」

ミアの方を向いてそう言うと、ふっとミアの唇から柔らかい吐息が零れる。

「ではリオノーラ様が幸せな結婚をされた、とご報告しなければなりませんね」

ミアの言葉にリオノーラは心からの笑みを返した。

「本当にそうね。ちゃんとお礼を言ってくるわ。ミアも今までありがとう。これからも……よろしくね」

その言葉に、ミアは一瞬黙り込み、くすんと一つ鼻を鳴らす。はぁっと大げさなため息をついて、微かに湿った声で言葉を返す。

「もう、何言っているんですか。私はずっとこれからもリオノーラ様のそばにいますから。いまさら当然のこと、言わないでください！　何処に行くにも置いて行かないって、これからも一生約束ですよ！」

第七章　幸せな旅の突然の終わり

うっそうとした森の中にあるアーガイル村の村人は、木こりを生業としているらしい。

馬車で向かうとお茶の時間の前には村に着いた。リオノーラは馬車を降りて、辺りに漂う深い森の香りを胸いっぱいに吸い込む。何故か懐かしいような気持ちがして、自然と唇に笑みが浮かんだ。

「よいところ、ですね……」

腕を貸してくれるイライアスの言葉に頷く。村の中に小川が流れているのだろうか。水が流れる音が聞こえる。それから遠くに鳥の声。

「ここは時間の流れが変わらないわね……。兄さん、久しぶり。エリスバード公爵夫妻をお連れしたわ」

同行してくれたコーネリーは、そう言って村長に挨拶をする。

「……はじめまして、伯父様」

村長は、リオノーラの伯父なのだとコーネリーから聞いている。リオノーラの言葉に、ざっと衣擦れの音がする。伯父が跪いた気配を感じつつ、明らかな身分差にどこか切ないような気持ちになる。

「エリスバード公爵様、公爵夫人。こんな田舎の村にまで自ら足をお運びいただきまして、ありがとうございます」

下から聞こえてきた声に、リオノーラは手を差し伸べる。そっと手を取られたのをきっかけに、村長に立ち上がるように促した。

「義伯父上、こちらこそ突然アーガイルを訪問することになって、却ってお気遣いいただいて申し訳ない」

「お、おじうえ……？」

公爵から直接そう呼びかけられて、村長も困ったように、ああ、と声を上げた。

「今日は貴女の姪の夫として、村に訪ねて来た普通の親戚のようにしていただけませんか？」

柔らかい公爵の話し方に、ううっと唸った後、村長は付け焼き刃の礼儀を通すよりはと、その通りに対応することに決めたらしい。そのまま村長の家に招かれ、この辺りの香草で作られた香草茶でもてなされた。

「……香りがいいのですね」

リオノーラが感想を口にすると、それをきっかけに村長とその家族たちとの会話が始まる。

「そうですか。リオノーラ様の目が見えるようにする方法を探している……と」

村長が繰り返す言葉に、はっと息を飲んだのは、コーネリーだろうか。

「イライアス様、そんなことができるのですか？」

「ええ、ユージェイル伯爵の図書館には、そういった文献が散見されていたので……」

イライアスの言葉に村長が思案しつつ声を上げた。

「俺はそこらへんの言い伝えはよくわからないんだが、うちの婆さんなら知っているかも知れない」

「……そうね。生き字引のような人だからね。よかったら聞いてみますか？」

村長の妻の言葉に、イライアスが驚きの声を上げた。

「村長のおばあさまが今も健在、なのですか？」

リオノーラも思わず顔を上げて、イライアスの方に顔を向ける。村長の祖母ということは、かなりの高齢だろう。今いくつなのだろうか。

「ああ俺らの母親は既に亡くなっているが、祖母は長命でね。マーサっていうんだが、今じゃ耳は遠くなって足腰も立たないが、頭の方はピンシャンとしてますよ。奥の部屋にいるが……話を聞いてみますか？」

その言葉に、イライアスはそっとリオノーラの手に触れる。リオノーラは彼の腕に摑まって立ち上がる。

「私にとっては、曾祖母《ひぃおばあ》様、ということですね。ええ、もちろんご挨拶したいです」

リオノーラの返答で村長の妻が慌てて部屋を出て行き、しばらくすると声を掛けられた。リオノーラはイライアスだけを伴って、共に奥の部屋に向かう。部屋に入るとぐっと薬草の匂いが強まる。大きな窓があって日差しがたっぷり入っているのだろう、リオノーラの瞼越しでも部屋は明るくて心地よく感じられた。

「……ああ、セシリアの娘だね。リオノーラ、久しぶりに村に来てくれて嬉しいよ。ここに来て私と話をしてくれるかい？」

村長の妻から話を聞いていたのだろう。リオノーラが部屋に入った瞬間、しわがれてはいるが、しっかりとした口調で語りかけた。

「リオノーラ？」

どうしようかリオノーラが迷っていると、イライアスがそんなリオノーラに声を掛けてくれた。その言葉に彼女は頷く。イライアスが耳元で、リオノーラの曾祖母マーサはベッドの上に腰掛けている状態だと教えてくれた。彼の案内で、言われた場所に膝をついてそっと手を差し伸べる。

「ああ、可哀想に。お前の目は、こんな長いこと神様に預けっぱなしにされたままなんだね……」

マーサは、そう言うとリオノーラの目を瞼越しに撫でる。

「早く返してもらいにいったらいい。このままだと完全に神様の力がなくなってしまって、そうしたらお前の目はもう元に戻せなくなる……」

当たり前のように言われて、リオノーラは驚きの声を上げる。

「戻せる？」

「あの、リオノーラの目は治せるんですか？」

かぶせるように尋ねるイライアスの声に、マーサが答える。

「ああ、もちろんさね。人の大切なものと交換で、神様が貸してくれた力だよ。力が不要になった時、正しい手段でお返しすれば、人の大切なものも返してもらえる。神様との契約は絶対だからね」

その言葉を聞いた瞬間、イライアスが繋いでいた手をぎゅっと握りしめた。

「どうやったら返してもらえるんですか？」

彼の問いにマーサは小さく笑う。

「祈りを捧げるんじゃ。お前なら知っているはず」

「……祈り？」

リオノーラがそう繰り返すと、マーサはしわがれた声で歌を歌い始めた。

「……どこの言葉だ？　カーディナルとは違う。サマルサーランドの言葉に似ているが、意味がわからない……」

困惑したイライアスの声を聞きながら、リオノーラはその歌がたまらなく懐かしく感じる。気づくと、マーサと一緒に、同じ旋律を歌い始めていた。その歌を最後まで歌い終わると、イライアスはリオノーラに尋ねる。

「リオノーラ、この歌を知っているのか？」

「……多分。私が小さかった頃、母が子守歌に歌っていたものです。……ずっと忘れていたけれど、今曾祖母様に歌っていただいて思い出したの。それに神殿の祭壇の前でも歌った曲だわ」

「ああ、歌はちゃんとセシリアから伝わっていたんだね。アーガイルの総領娘だけに伝わる神に捧げる歌を……」

そっとリオノーラの頭を撫でて、マーサは笑う。リオノーラの隣でイライアスが呆然と『口伝のみで伝えられているのか……それではわからないはずだ』と呟いていたのを片耳で捕らえる。

「リオノーラ。祭壇で『御力をお貸しいただき、ありがとうございました。アーガイルの娘が神へ感謝の祈りを捧げます』と言って、さっきの歌を歌えば、お前の目も返してもらえるよ。そうさね……今日これから行くといい。明日や明後日では間に合わなくなるかもしれないからね」

マーサは静かにリオノーラの下腹部に触れ、それだけ言うと『疲れたから寝る』と呟く。

「あら、もう寝るのね。じゃあまた夕餉《ゆうげ》の時に声をかけるから」

確認するような村長の妻の言葉にマーサは何も答えなかった。代わりに、微かないびきが聞こえ始める。だがリオノーラは祭壇で歌を歌えば、自分の目が治るという話に驚いたまま、声を失っていた。

「どうする？　お二方……今から行くかね？」

こちらの部屋を覗き込んだ村長に尋ねられて、リオノーラはハッとして頷く。

「ええ、なぜ今日これから行く方がいいのかはわかりませんが、そう曾祖母様がおっしゃるのであればそうします」

何故か曾祖母の言葉にしたがった方がいい。そう信じることができた。リオノーラはイライアスの腕に摑まりゆっくりと立ち上がる。

「そうか、日が暮れるまであまり時間がない。だったら今すぐに出た方がいい。末娘のナージャに神殿まで案内させる」

村長の言葉に、リオノーラはイライアスと村長の末娘ナージャの案内で歩き始める。声の感じからいって、リオノーラよりもっと年下なのだろう。質問すると物怖じせずに何でもよく答えてくれた。

「墓参りはともかく、神殿は大切な場所だからあまり多くの人数で行っちゃだめなの。そもそも村の人間以外ほとんど来ないしね」

ナージャにそう言われて、ミアたちは村に置いてきている。だから今目の見えないリオノーラの足元を、代わりに見てくれているのはイライアスだ。

「リオノーラ、そこは大きな石があるから、こちらへ……。それでは神殿に行ってから、まだ暗くなっていないようなら墓参りに行こう」

リオノーラはイライアスの声掛けで小石などを避けながら、森の奥に一歩ずつ足を踏み入れていく。そんな二人の様子を窺いつつ、ナージャは少し先行して歩いているようだ。

「うんうん。公爵様の言うとおり、今日は無理せず明日出直してもいいと思う。ちゃんとお祈りさえできれば、リオノーラ様は目が見えるようになるって大婆ちゃんが言っていたし。そうしたら歩くの楽になるでしょう?」

でも私も、儀式は見たことがないのだ、とナージュは興味津々の様子だ。

「そもそもこの神事というか……力を得る儀式っていうのは、今はほとんど行われてない状態で、この村の人間だけ知っているということか?」

ぽつりと呟いたイライアスの言葉に、ナージャは首を横に振った。

「私も詳しくは知らないけれど、儀式はリオノーラ様以来やってないのだと思う。その前はずっとなかったって大婆ちゃんも言ってたし。そもそもこの話は村長の家にしか伝えられてないし、歌は総領娘にしか伝わってないって。私も村長の娘だけど、総領娘じゃないから教わってないの。今歌を知っているのは大婆ちゃんと、リオノーラ様の二人。リオノーラ様がもう村には戻ってこないと決まった時だけ、次の歌の担い手に伝えるんだって。そもそも儀式をするのは本当に、ほんとうに困った時だけで、神様の力は私利私欲のために使っちゃ、絶対にだめなんだって」

パシパシと何かを叩く音は、ナージャが草を払いながら、リオノーラたちの歩く道を作りながら遊んでいるためのようだ。そのたびにムッとするような草いきれがあがる。

暗くなると、この辺りは大きな獣も出てくるらしい。二人はマーサに勧められたとおり先に神殿へと向かう。

「この先に神殿がある。ここから先、私は行けないの。まだ成人してないから」

ナージャの言葉に、イライアスはその場で待ってくれるように依頼する。そしてリオノーラはイライアスと一緒に神殿の階段を上っていった。

（この空気……あの時と同じ……）

先ほどまで風に吹かれる木々の葉の音や、鳥たちの鳴き声が聞こえていたのに、階段を上り始めた途端、しんと辺りは静まりかえった。イライアスとリオノーラの呼吸の音だけが静寂の中で微かに響く。

「リオノーラ大丈夫か。歩くのが辛いようなら背中におぶっていっても……」

心配そうに言うイライアスの言葉に慌てて首を振る。

（この階段を上ったら、きっと祭壇がある……）

父と一緒に神殿を訪ねた時のことを思い出し、不安が甦って、心臓がぎゅっと締め付けられる。ドキドキと鼓動が速度を上げていき、手のひらが冷たくなっていく。

それでも、リオノーラに語りかけてくれたマーサの声と言葉が彼女を一歩ずつ前に向かわせる。

「……なんで、今日のうちにと言われたか、わかりますか？」

ふと先ほどから気に掛かっていた疑問が口をつき、イライアスは一瞬理由を考えたようだった。

「……いや。だが意味なく言われた言葉だとは思えない。だったら本当に早いほうがいい」

イライアスがリオノーラの肩をそっと押さえた。

「階段はここまでだ。先に白い祭壇がある……」

その声にリオノーラはまっすぐ顔を前に向ける。

「行こうか」

いつでも冷静なイライアスの声が緊張しているのが伝わる。何が起こるのかわからない。互いに震える手を繋いで彼が指示するところまで進んでいく。リオノーラの手を握り、彼は台のようなものの上に置く。冷たくてつるつるとしている。ふと記憶の中の真っ白な祭壇を思い出した。

「大丈夫。私が傍にいるから……」

イライアスの声がリオノーラの気持ちを支える。

「はい……」

リオノーラは見えない目をまっすぐ前に向け、祭壇の前で手を合わせた。

「御力をお貸しいただき、ありがとうございました。アーガイルの娘が祈りを捧げます」

感謝を述べると、先ほどの歌をゆったりと歌い始めた。イライアスは黙ってそれを見守っている。

(懐かしくて、温かい気持ちが湧き上がってくる)

何で忘れていたのだろう。ゆりかごに寝かされた自分が、じっとセシリアを見上げている。優しくて綺麗で……暁色の瞳が、愛おしげに自分を見つめる。

『リオノーラ。私の愛おしい娘……。この歌を忘れてはいけないわ。もし貴女が供物として捧げられても、この歌ですべて取り戻すことができるから……』

記憶の中の美しく優しい母の歌声と共に、リオノーラは最後まで歌を歌い切った。その瞬間。

ぶわっと祭壇から熱風が上がり、リオノーラはぎゅっと目を閉じる。

「リオノーラ！」

背後から声がして、リオノーラはイライアスにその背中をしっかりと抱き寄せられていた。

「今の……なに？」

一瞬の熱風が過ぎ去った後、リオノーラは自然と瞑っていた目から力を抜く。次の瞬間、目に飛び込んできたのは、光。ぎゅっと抱きしめられて、咄嗟にその方向に視線を落とす。

「……え？」

薄ぼんやりと映っているのは自分を抱き留めている人の腕。リオノーラのお腹の辺りに回されて、しっかりと支えてくれている。

「……イライアス？」

不安そうな声に彼が即座に反応する。

「リオノーラ、大丈夫ですか？」

手を伸ばして、目の前にある力強い腕にそっと自らの手を預ける。唐突に彼の服が濃紺であることに気づいた。

(色……?)

リオノーラの世界に、ほんの少し前まで色彩などなかったはずだ。

「あの……」

何も言えずにぎゅっと彼の腕を摑む。その自分の手にはイライアスがリオノーラに贈った指輪が飾られている。深い緑色の貴石の周りには、白金のレリーフが繊細に這い額縁のように石を際立たせている。とても豪奢で綺麗な指輪だ。こんな素敵な指輪をイライアスは自分に贈ってくれたのだ、と気づいた次の瞬間。

「私、振り向いてもいいですか?」

彼女の反応がいつもと違うことに気づいたのか、彼が息を飲む。その息づかいだけで彼が驚いているのは伝わってくるけれども。

「ああ。……どうぞ」

彼の声は、どこか不安そうで、それでもリオノーラを安心させるような柔らかい響き。

「イライアス……?」

(私、もしかして見えるようになっている?)

その事実に心の底から驚き怯えている。怖い、という気持ちもあったけれど、それ以上に彼の表情を見たいと思った。彼が何を考えているのか、直接見て確認したい。

ゆっくりと振り向いて、彼を見上げる。

「――っ」

驚きに見開いたのは、温かい緑色の瞳。黒髪が風に揺れている。

「イライアス、ですよね」

そっと手を伸ばして彼の頬に触った。公爵邸の庭で、二人きりの閨で、何度も触れたもう手に馴染んだ感覚。けれどその顔を見るのは初めてだ。言葉もなく、お互いの顔を見つめ合う。

「……あぁ、リオノーラの瞳は、暁色だったのですね」

くすりと笑った彼の顔が、刹那とろりと溶けたような気がした。また見えなくなったのか、と不安になったが、ぽろぽろと次から次へ涙が湧いてきて、それで視界がにじんだのだと理解する。

こんなに待ち望んでいたのに、彼の顔がきちんと見たいのに、上手く見られない自分が情けなくて悔しい。けれど彼がハンカチでそっと涙を拭ってくれると、そこには確かに優しい表情で微笑んでいる人がいて、胸がぎゅっと締め付けられるような気がした。

「目が、見えるようになったんですね」

彼が大きな手をいつものようにリオノーラの頭に乗せて、そっと撫でる。その表情が優しくてリオノーラが想像していたより何倍も素敵に見えて、彼女は泣き笑いの表情を浮かべた。

「はい、イライアスが思った以上に容姿端麗で素敵でびっくりしています」

そう囁くと、彼は照れたように小さく笑う。

「私は目を開けたリオノーラが思った以上に美人で、動揺しています」

イライアスはリオノーラの溢れた涙を指先で拭い、じっと彼女の開いたばかりの瞳を見つめる。ずっと……リオノーラのそばにいてくれた人は、こんなにも優しい目で自分を見つめてくれる人だったのだ。

「イライアス、ありがとうございます」

「……何が、ですか？」

「私のことを信じて、視力を取り戻すために、いろいろ調べてくださって……」

リオノーラの言葉に彼は小さく笑う。

「一番大切な人のために、できることがあるのなら、何でもするのは当然じゃないですか。でも……こんな美しいリオノーラの瞳を最初に見ることができて、私自身が一番幸せを感じています」

くすりと笑って額を寄せ合う。それから自然と唇を重ねた。目を瞑るという動作を忘れていて、間近でイライアスの顔をじっと見つめる。瞼を閉じて微かに眦《まなじり》が下がっている様子はとても幸せそうに見えた。

（きっと……私もこんな顔をしている）

これからは今までイライアスと一緒に見ることができなかった景色も隣に立って見て、

それについて話をすることもできるのだ。彼との間に子どもを授かったら、その子の顔を見て育ててあげることができる。不安と期待が胸に渦巻く。ふわふわした心地のまま、求められリオノーラはイライアスと何度も口づけをして、すこしずつ幸せを実感する。

リオノーラはしばらくキスに夢中になっていたらしいイライアスの頬を撫でて、外に意識を向けるように促した。

「ああ。こんなに日が暮れてしまった。セシリア様の墓参りは明日することにして、今日はいったんアーガイル村に帰りましょう。きっと……下でナージャさんも待っているだろうし」

そう言われ、リオノーラは彼と手を繋ぎ、登ってきた階段の上から改めて辺りを見渡す。既に日は傾き、神殿の祭壇を背にして森を見下ろすと、今日を惜しむような紅の光が緑の木々を染めている。遠くに赤みを増した山の峰が連なる。誘い合って巣に戻ろうとする鳥の鳴き声が聞こえ、暁の空に黒い影が飛び交う。

リオノーラは視覚から得る情報量の多さに気が遠くなりそうだった。思わず、目を閉じればしっかりと抱きしめてくれる人の胸を背中越しに感じて、慣れ親しんだ安堵を噛み締める。

（目が見えるようになっても何も変わらない。できることが増えただけ……）

自分にそう言い聞かせて、再び目を開く。

「大丈夫ですか？」

心配そうに尋ねてくれる夫の声にゆっくりと振り向いて、その顔を見上げる。自然と笑みが零れた。

「はい、大丈夫です。……手を繋いでくれますか。まだ目が慣れなくて……」

リオノーラの言葉に頷いたイライアスは手を繋ぎ、慎重に階段を下りていく。

「しばらくはリオノーラの目が見えるようになったことは内密にしておきましょう。国王陛下がどう判断されるかわかりませんし」

「……ええ。どちらにせよ、最近では予見もほとんど視ることができなくなっていましたから」

お互い国王に対して警戒心が強くなっているのを感じる。もし国王の許可も得ずに勝手に力を返してしまったと知れたら、どう反応するのか想像もつかない。

「……それにいろいろと王宮でフィリップ殿下と話をしていたのです。現在、王都から離れるほど国王陛下の求心力は下がっています。それは今まで陛下が行っていた高圧的な政治のせいです。長い時間をかけてひずみとなっているのだと思います。初めて王都を出たリオノーラにはわからないかも知れませんが、以前に比べ、飢える人間や、病に苦しむ人間が増えました。親が亡くなり子どもは路頭に迷い……。民の生活の質がどんどん下がっているのです」

真剣なイライアスの声に、リオノーラはそんな父王を、予見の内容を知らせることで支えてきてしまっていたという事実を理解する。

「私の予見で未来が予測できたせいで、父は強権政治を振るうことができたのですね」

本来なら国王は自分の欲求のためにではなく、国民のために政治を行うべきだ。

そう言うと、彼は力強い視線を紅い太陽に向けて頷く。

「ええ、ですから私はフィリップ殿下に協力したいと思っています。できれば国王陛下には、予見に頼らず国民が何を考え、何を求めているかを見て、政治を行ってもらいたいのです」

イライアスの言葉を聞いて、リオノーラはフィリップの前で視た予見を思い出す。あれは……やはり父に知らせなくて正解だったのだ。そして今後のことを考えれば、やはり自分が予見の力を失ってよかったのだ、と思った。だが……。

「おかしいな」

階段を下りて、イライアスは辺りを見渡す。

「ナージャはどこでしょう？」

待っていると言っていたはずの場所にいないのだという。イライアスが首を傾げ辺りを探していると、代わりに森の間から数人の男が出て来る。

「リオノーラ！」

咄嗟にイライアスがリオノーラの元に駆け寄り、彼女を後ろに庇う。イライアスは眉根を寄せて彼らを睨《にら》みつけた。

「何故、王宮騎士団がこんなところに……」

武器を帯び簡易な鎧を着けている姿からも騎士であることは想像がついた。だがその衣装が王宮騎士団のものだということまでは、今まで盲目であったリオノーラには判断ができない。

「王宮騎士団の方、ですか？　もしかして私に伝言でもあるのでしょうか」

父王が急ぎ伝えたいことがあれば、王宮騎士団を遣わすことはあるかもしれない。だが先ほどのイライアスとの会話を思い出し、本当にそれだけだろうかと警戒する。どちらにせよ目が開いていることは見ただけでわかってしまうだろう。いまさら見えない振りもできず、リオノーラはイライアスを見上げた。

「国王陛下より、リオノーラ様を急ぎ王宮にお連れするようにと言われております。エリスバード公爵と一緒におられても、リオノーラ様だけをお連れするように、と」

その声の主と、その特徴的な視線の圧の強さに、じりっとリオノーラは後ずさる。それは父王に絶対的に忠誠を誓う筆頭護衛騎士ヘリオスの声だ。

「なんでお父様の護衛騎士がここに？」

ねっとりとした視線で舐めるように見られて、肌がゾワリと粟《あわ》立つ。

「信用できる者がリオノーラ様を迎えに行くようにと命じられたので、私が自ら参りました」

ニタリと笑うヘリオスはイライアスより二回りほど大きく、猛牛のような体つきだ。曲がった鼻と左右が歪んだ唇のせいもあり、半笑いを浮かべ相手を馬鹿にしているように見えた。細い目を見開くようにしてリオノーラの瞳をじぃっと凝視してくるので、恐怖に身がすくむ。咄嗟にイライアスがリオノーラの姿を隠すように前に一歩踏み出した。

「たとえ国王陛下の使いでも、エリスバード公爵夫人となった私の妻を、私の許可なく連れて行ってもらっては困ります」

「エリスバード公爵。たとえリオノーラ様が貴殿の夫人であったとしても、サファーシス王国の元第一王女殿下です。今回の呼び出しは、王族にかかわる身内の問題を、王族のみで、急ぎ話し合わなければならない事態だとご理解ください。そしてエリスバード公爵。貴方はサファーシス王国国王陛下に認められて、公爵位を授かっている貴族に過ぎないのです。今回、国王陛下よりエリスバード公爵の同行は許可されておりません」

「……何？」

失礼な言い方にイライアスの声が微かに尖る。リオノーラを庇い、一歩前に出たイライアスの腕をそっと手のひらで覆い、彼女は無理をしないで欲しいと目線だけで伝える。

（逆らえば、イライアスが殺されるかも知れない）

この護衛騎士は国王グレイアムの命令であれば、なんの躊躇いもなく相手を斬り殺す狂犬だ。

「……リオノーラ、様？」

その時、微かに聞こえてきた声に、リオノーラは視線を向ける。顔を見るのは初めてだ。けれどその声で誰かなのかはわかった。先ほどまで小鳥のさえずりのように、明るくいろいろな話をしてくれた道案内の声の主だ。

「ナージャ？」

怯えた顔でこちらを見ているのは、まだうら若い少女だった。体を王宮騎士団員に拘束されて、逃げ出すことができないらしい。

「その子を、離してあげて」

ただ道案内をしてくれた、そしてリオノーラの初めて出会った身内の一人、従姉妹にあたるのだ。

「では、エリスバード公爵殿も、リオノーラ様をこちらにお預けいただけますか？　もちろん間違いなく、父君である国王陛下の元にお連れしますので」

先頭に立つ男の淡々とした話し方に、イライアスは形の良い眉を顰める。

「何故国王陛下は、私の同行を拒む？」

「……さあ。ですがもちろん、リオノーラ様がエリスバード公爵夫人であることは事実ですので、改めて王宮にいるリオノーラ様を迎えにいらっしゃればいいのです」

ぞっとするような冷たい声に気持ちがすくむ。

「グレイアム国王陛下よりのご命令です。リオノーラ様、ご同行をお願いいたします」

逆らえば即座に斬り捨てられるかもしれない。イライアスが苛立ちを込めて拳を握っている姿を見て、リオノーラは宥めるようにその拳を撫でる。

「大丈夫です。私は王宮に参ります。ですからナージャにも、アーガイル村の人々にも手出しは一切無用です。もちろん……私の夫、エリスバード公爵イライアスにも、ですよ」

お腹の奥に力を入れて、できるだけ威厳のある声で言うと、ヘリオスは口元を緩め、嫌な笑みを浮かべた。

「ええ、リオノーラ様さえお連れできれば、他の人間に干渉することは、国王陛下に命じられていませんから。まあ逆らうようならあの村に火をかけるくらいはしても良いと言われていますが、優しいリオノーラ様はそんなことをお望みにはならないですよね？」

脅しの言葉に心臓を冷えた手で握られたような心地がした。リオノーラは小さく頷く。

「ならばいいのです」

そう言って一歩踏み出そうとしたリオノーラの手を捕らえるのはイライアスだ。厳しい顔をして、首を左右に振る。

「リオノーラ……」

心配してくれているのはわかっている。けれど今はなにより大事な人たちを守りたいのだ。誰よりもイライアスを。そう思いながらリオノーラは柔らかく唇に笑みを浮かべる。

「……イライアス。私、待っていますから。王宮まで私を迎えに来てください。どこも怪我などしないで、今と変わらぬ元気な姿で。絶対に約束ですよ」

それだけ言うと、リオノーラは一歩ずつ足を進めナージャの前に立つと、彼女を捕らえていた護衛騎士を見上げた。

「ナージャとイライアスを村に返して。私はそれを見送ってから王宮騎士団と一緒に国王陛下の元に向かいますから」

その言葉に護衛騎士は頷き、ナージャを解放する。

「さっさと村に戻れ」

ナージャはその声に慌ててイライアスの元に向かう。

「リオノーラ。絶対に迎えに行く。何があっても約束する」

今まで聞いたことのない血を吐くような声を上げる夫に笑顔で頷く。

「はい。待っています」

そのまま王宮騎士団に促され、イライアスは何度も振り返りながら、ナージャを連れて騎士たちから離れていく。

「では……リオノーラ様参りましょうか」

そのまま馬に乗せようとする騎士を押し返し、リオノーラは首を横に振った。

「いやです。……念のためお伺いしますが、私の支度や世話ができる侍女は、連れていませんよね」

ふとミアと交わした会話を思い出す。これから王宮に連れて行かれるのならミアの助力は絶対に必要になる。父はそんな気遣いのできる人間ではないだろうと思って尋ねるとへリオスは小さく頷く。

「ええ。ですが特に問題ないでしょう……」

「私、侍女がいなければ着替えも湯浴みもできません。野営もする騎士とは違うんです。

当然世話する人間もいない状態で王都まで戻ることとなんて絶対にありえません。でしたらアーガイル村に一度戻り、専属侍女のミアを連れて行きます。ミアは私に忠実ですから、私が迎えにいかなければ村から動きません」

その言葉にヘリオスは面倒な、と言うように顔を顰めた。

（ミア、巻き込んでごめんなさい。でも村まで行けばイライアスは公爵家の護衛もいるし、みんなが無事なのを確認できると思うから……）

それにきっとミアなら巻き込まれたことより、置いて行かれることを怒ると思う。リオノーラが密かにそんなことを考えていると、決心の固さを理解したのか、ヘリオスは微かにため息を漏らし頷く。

「……かしこまりました。それではリオノーラ様の望み通り、アーガイル村までミア殿を迎えに行き、それから王都に向かいましょう」

その言葉に一同は頷き、一歩足を踏み出したリオノーラの手首をヘリオスが捕らえる。

「ところで……リオノーラ様は目が見えるようになったのですね」

何をするのかと叱責しようと思ったリオノーラに顔を近づけて、じっと目を覗き込んで、男は薄く笑う。

「……暁色の瞳が美しい。魔性の色ですね。これだけ美しい紫水晶は希少です。欲しがる男はさぞ多いことでしょう」

低く抑えたその声に、ぞわりと全身が総毛立つ。

「私はすでに結婚しています。既婚女性に対して無礼ですよ」

リオノーラは動揺を誤魔化すように、手首を捕らえた手を振りほどくと、わざと高圧的にヘリオスを睨み上げる。

「そうですね。今のところはエリスバード公爵夫人……ですが。いいえ、失礼いたしました」

わざとらしく礼をしてみせる男を意図的に無視して、リオノーラはアーガイル村に向かって足を進めた。

第八章　王宮の陰謀と囚われの姫君

アーガイル村でミアを連れ、そのまま騎士団たちに護衛され、王宮まで強制的に連れてこられたリオノーラは、王宮の元々使っていた部屋を与えられた。そしてその日の夜にはドレスに着替えさせられて、王宮での晩餐に呼ばれることになった。

「一応、ちゃんとドレスを用意してくださってよかったですね」

準備されていた衣装を見て、ミアは小さく肩をすくめる。

「まあ、イライアス様が用意してくれる衣装よりは、正直良いものとはいえないですが」

そう言いながらもミアは交渉して得てきた下級侍女たちを従えて、テキパキと着替えを行う。相変わらずリオノーラのところにはまともな侍女は用意されていなかったのだ。

「ほんと……ちゃんと私を迎えに来てくださってよかったです。まさかいきなり王宮に連れ戻されるとは思っていませんでしたけど……」

最後に髪飾りを整えて、鏡の中のリオノーラを見つめ、ミアはにこりと笑う。

「今日もお綺麗ですよ」

いつもと同じ台詞を言われ、リオノーラは鏡の中にいる自分を見つめる。淡く桃色掛かった髪は綺麗に結い上げられている。薄く化粧をされ、鏡の中で真正面から自分を見ているのは、アメジストのような深い紫色の瞳。

（……思ったより、ちゃんと綺麗だった……）

成長した自分の顔を初めて鏡で見た時の感想はそれだった。少なくとも不細工だの、人に後ろ指さされるバケモノだのと言われるような容姿ではなかった。派手な顔立ちではないが、十分に品良く、容姿も整っていると知って正直ホッとした。

（もちろん、ミアが上手に化粧をしてくれているからというのはあるかもしれないけれど……）

対するミアは造作は整っているが、ころころと変わる表情が美人というよりは可愛さを強調している。そしてなによりその笑顔はリオノーラを安心させてくれた。

「……見えるのって、凄いわね」

思わずぽつりと呟くと、ミアは鏡の向こうでクスクスと笑う。

「ええ、そうですね。でも私はこれでリオノーラ様に何の瑕疵もなくなったことが本当に嬉しいのです。ただ……」

一瞬表情を曇らせる。リオノーラは視線を上げて、鏡の中のミアの顔を見つめた。

「……なんでこんな風に無理矢理王宮に連れ戻されたのか。理由がわからないですよね。それにイライアス様の同行を禁じたことも……」

ぎゅっと胸の前でミアが手を握りしめる。リオノーラはそんなミアを見て、何があっても自分の都合で連れてきてしまった侍女を守らなければ、と決意を新たにする。リオノーラが王宮に着いた頃には、イライアスも王都まで戻ってきているだろう。当然面会の申し入れをしているはずだと思うのだが、今のところ何の連絡もないのだ。

「……まずは国王陛下からお話を伺ってくるわ」

そう言うと、リオノーラは呼ばれていた晩餐の席に向かった。

「……なるほど、目が見えるようになったという報告は受けたが……。ヘリオスのついた嘘というわけではなさそうだな」

父グレイアムは、そう言うと胡乱《うろん》げな顔でリオノーラの目をしげしげと見つめる。国王の私的な食卓に着いているのは、グレイアムと、フィリップ王太子、チェルシー第二王女である。王妃は体調が悪いということで、臨席していない。

「……見えるようになったってどういうこと？」

そう言いながら、無遠慮に視線を向けるのはチェルシーだ。リオノーラの開いた目をじっと見つめるチェルシーの瞳を見返すと、その勢いに気圧されたかのように、第二王女は視線を逸らす。

形だけの晩餐会は体調を崩し静養中の王妃のことや王宮での噂など世間話に終始した。その後、お茶の時間になると、席を移動しソファーに腰掛けてゆっくりと会話をする雰囲気となる。室内には給仕をするための国王付の侍従と護衛騎士だけ残している状態だ。

「私はリオノーラがアーガイルに向かうという報告をエリスバード公爵から受けていない。いったい何があったのだ？」

詰問口調で問うと、グレイアムはリオノーラの顔を見据える。緊張に心臓がきゅっと縮こまるような気分になりながらも、リオノーラはグレイアムの顔を見返した。

「母の墓に結婚の報告をするために、イライアス様と一緒にアーガイルに向かいました。そこで神殿にお参りをしたところ、突然目が見えるようになったのです」

いろいろと説明をすると、アーガイル村の人たちを巻き込んでしまうかもしれない。そう思ってリオノーラは偶然目が見えるようになったのだ、と主張する。

「なるほど。つまり目が見えるようになったリオノーラは、もう予見はできない、ということか？」

以前に比べて年を取ったが、変わらぬ鋭い視線を父王に向けられ、リオノーラは気持ちがひるみそうになる。

「父上、もともとリオノーラはこのところ予見を視る回数も減っていましたし、歴代の聖女たちの年齢を見ても、これ以上は予見することが難しくなるという判断で、リオノーラをエリスバード家に輿入れさせたのではなかったのですか？」

リオノーラを庇うように兄フィリップが声を上げる。

「ああ……そうだったな。だが瑕疵があるからリオノーラを忌婚させたのだが……その瑕疵はすでにない」

ふっと酷薄な笑みを浮かべる国王に、一同息を飲む。

「……お姉様の目が見えるようになったからといって、なんだというのです！」

ムッとしたような顔をして、声を荒らげるのはチェルシーだ。目が見えるようになって改めて見た妹は、リオノーラのイメージ通り、綺麗で整った顔をしていた。だがリオノーラを見つめる目はつり上がっていて恐ろしい。目が見えるようになったリオノーラに対しても不快な表情を一切隠すことがないのは、リオノーラを心底嫌っているせいなのだろう。

「……いっそチェルシー、お前がイライアスに嫁ぐか？」

突然国王が発した言葉に、一瞬辺りが静まりかえる。

「……え？」

目を見開いたチェルシーは、何を言われたのかわからないかのように目を瞬かせた。

「お前はイライアスと結婚したいと思っていたのだろう？　だったらリオノーラを離縁させて、お前を嫁がせても良い」

グレイアムは二人の娘たちの顔を確認するかのようにじっくり眺めてもう一度笑う。

「そんな……一度降嫁させておきながら、それを一方的に離縁させるのですか。エリスバード公爵に問題があるわけでもないのに。しかもそこに妹のチェルシーを降嫁させるなど……何を考えているのですか？」

気が違ったのではないか、と言うのをギリギリ堪えたのだろう、フィリップが語気鋭く国王に意見を言う。

「……お前も最近はずいぶんと偉くなったものだな。異議があるなら直接エリスバード公爵自身が私に文句を言えばよい。お前は自分が次期王位継承者だと主張したいのかもしれないが、私としては別に跡を継ぐのはお前でなくても良いのだ。そうだな……例えばリオノーラを改めて嫁がせて、その娘婿となった男に王位を継がせてもいい」

そう言って視線を向けた先には、護衛についているヘリオスがいる。一瞬リオノーラとヘリオスの視線が重なり、じっとりと見つめられたリオノーラは、蛇に睨まれた小動物のように、全身の血液が冷える心地がした。

「な、何を言っているのですか。その男は陛下の護衛騎士ですよ。この国を治めるための知恵は持っていないでしょう」

フィリップの言葉に、ふっとグレイアムは片方の口角だけ上げて嘲笑う。

「……冗談だ。だが、リオノーラの子は貴重だ。私に逆らわない男との間の子を望む」

「そうね。さすがにこの国をヘリオスが継ぐのは無理でしょうけど。でも確かに、リオノーラお姉様にはイライアス様より、そこの醜い男がお似合いね。よい番《つがい》相手を見つけてもらってよかったわね」

王女と思えないほど蓮《はす》っ葉な台詞を口にして、楽しそうに高笑いするチェルシーもどうかしている。

（チェルシーは本当に私の夫に、嫁ぎたいの？）

文通の真実が知れた今、イライアスはチェルシーのことを愛することはないだろう。そう思って気持ちを宥めようとするが、それでもチェルシーとイライアスが夫婦のように並ぶ姿を想像すると胸が引き裂かれそうだ。

何より、独断専行を得意とする父王なら自分がそうしたいと思えば、イライアスに強要する可能性はあるのだ。

「……国王陛下が何を望んでいらっしゃるかわかりませんが、私はイライアス以外の男性の妻となるつもりはありません。たとえこの命を賭したとしても……」

獲物に向けるような視線でじろじろと無遠慮に眺めるヘリオスが気持ち悪くて仕方ない。姉の夫をあてがわれると言われて、笑みを浮かべて喜んでいる妹王女の表情も。

まっすぐ父親の顔を見上げて言い切ると、父王は一瞬眉を顰めて気に入らないという表情をした。

「……リオノーラを軟禁しろ。その上で愚かなことをしないように見張っておくように。ヘリオス、私の護衛を外れて構わぬから、リオノーラの見張りについて王宮騎士団に指示を出せ」

そう言うと、グレイアムは部屋を出て行く。

「お父様、待ってください！」

咄嗟に立ち上がり懇願しても、父親は振り向くことはなかった。チェルシーはにんまりと笑った顔をリオノーラに見せつけると、何故かヘリオスに近づいて行く。

「よかったわね。国王陛下からリオノーラお姉様をもらい受けられそうで。ずっと……物欲しそうにお姉様のこと、見ていたものね。きっと陛下は新しい聖女を身籠もらせることができる、逞《たくま》しくて信頼のおける男性にお姉様を娶らせたいんだわ。そうね……陛下に常に忠実な、ヘリオスのような人間をね」

「………」

チェルシーの言葉にヘリオスはちらりとリオノーラを見てから、余計なことを言わずに沈黙で答えた。だが、微かに口角が上がっているのを見て、ヘリオスがチェルシーのそそのかしをまんざらでもなく思っているのが見て取れた。ゾワリと悪寒が背筋を走る。

リオノーラは目眩に足元がふらつく。兄フィリップがそんなリオノーラの肩を抱いて囁いた。

「リオノーラ、何があっても自分を傷つけるような行動だけは取らないでくれ。何とか私たちでこの事態を切り抜けよう」

耳元で囁かれた言葉に一縷の望みを持つ。だがその言葉に答えようとした瞬間、グレイアムの命を受けた侍従たちがやってきて、自室に戻るようにリオノーラを促したのだった。

＊＊＊

その日からリオノーラは王宮の自室に幽閉された。気づけばすでに王宮に入って一月ほどが過ぎている。

「……フィリップ殿下より手紙を預かっています」

フィリップは信頼できる侍従を使い、手紙を受け渡しできるように状況を整えてくれた。リオノーラにつけられている侍女の数は以前よりももっと少なくなり、おかげで室内では秘密が守りやすい。リオノーラはそっと兄の手紙を開く。そこには走り書きしたようなメッセージがあった。

『リオノーラ姫は病に冒されて、体調が非常に悪いため、王宮に戻り療養生活を送っている、という発表がされた。もちろんイライアスも王宮に妻に会いたいと再三再四面会の要望を出しているが、流行り病を発症しているという理由にして、面会をゆるしていないようだ。先日も会ったが、イライアスは元気だから安心するように』

その文章を読んでリオノーラはすぐ皿の上に手紙を置いて、それを燃やす。灰も全部潰して粉々にすると、格子の入った窓から外に出し風に乗せて手紙の痕跡をすべて消し去る。リオノーラは窓を閉めながら、不安に心を軋ませた。

（もしかして、私が病で亡くなったという形にして、チェルシーをイライアスに嫁がせるのかもしれない……）

離縁をさせて、その家に他の王女を嫁がせるなんて常軌を逸しているように思える。だが、嫁がせた娘が死んだ後、別の娘を嫁にやるのであれば、その家との繋がりを重視した結果ということで、貴族社会ではそれほど驚くような話ではないかもしれない。

（そうすればイライアスにも監視の目を行き届かせることができるし、万が一、チェル

シーに子どもができれば、力を持つ公爵家を自分のものとして掌握しやすくなるのかも）

リオノーラは冷静にその状況を想像した直後、生理的な嫌悪感と共に吐き気がこみ上げてくる。そんなことにはならないはず。けれどイライアスとはあれ以来連絡もつかず、彼の気持ちもわからないのだ。彼女は無意識に小さくため息をついていた。

「……そうだミア、カードを持ってきてくれる？」

ふと何かできることはないかと考え、もう予見はできないだろうけれど、占いはできると思いついた。もちろん予見と比べれば精度は高くないが、それでもリオノーラの占いは当たるのだ。

（それに占いで、見落としていたこともみえるかもしれないし……）

何もできずに一人イライラしていても始まらない。何もかもわからず不安な中、リオノーラはミアが用意してくれた愛用のカードで占いを始める。この状況を打破できる何か良い案が見えて来ることを祈ってカードをシャッフルすると、十字の形に並べていく。ミアは黙ってリオノーラの隣でカードの行方を見守っている。

過去のカードは願いの成就を示している。互いの想いが通じ、彼女の目が見えるようになる、という二人の望みが叶ったからだろう。現在の位置には裏切りと混乱を示すカードが出ており、今の状況を的確に示していると言える。

「状況。……身動きのできない状況ね。まあ確かに」

今までの癖でカードを見ずに、浮き彫りになったマークに触れて占いの先を読んでいく。影響する事実を確認するカードを三枚めくった。

「正義に劣る行いがなされ……それを庇護《ひご》する権力者が存在する……」

どれも穏やかとはいえないカードばかりだ。ふとイライアスに最初出会った時に見た、

『化粧箱から宝玉を取り出す男』の予見が頭にちらつく。

(あの男が持っていた宝ってなんだったんだろう……天馬が映る金剛石？　……もしかして！)

天啓が降ってきたように、この三枚のカードとあの予見との繋がりが見えてきた。この予見の内容をイライアスは知らない。だが彼ならきっとこのカードが伝えようとしていることの意味をもっと具体的に理解できるのではないか、とリオノーラは思う。

先に未来を見ておこう。そう思い、もう一枚カードをめくる。

「……問題の発覚と、制裁……」

きっと近々その問題は発覚し、制裁が行われることになる。

ぞわっと寒気が襲ってくる。もしあの男が宝玉をどこかから盗んだのだとしたら。そして自分の予見でそれを知った国王が、その男を匿い至宝を隠したのだとしたら……。

(天馬は確か……隣国ガラーシアを象徴する生き物だったはず。もし万が一あの宝石がガラーシア王室所縁の貴重な宝物だとしたら、制裁を受けるのはサファーシス王国？)

それに、フィリップの前で見た、『争う国王と王太子』の予見のこともある。もしかすると、この事件の対処について国王とフィリップが対立するのかもしれない。

「イライアスに、早く知らせないと……」

「このカード占いの結果を、ですか？」

ミアの言葉に小さく頷く。せめてフィリップを通して、イライアスに伝えることはできないだろうか。そう考えながら、きちんと最後まで占いを完成させようと大きく息を吸って次のカードに手を伸ばす。

「次は水面下で進行していること……」

ふと指が止まる。ミアがそのカードをみて、ぽつりと呟いた。

「……新しい何かが生まれる？　命の誕生……」

確かに彼女の言うとおり、そのカードはこの世になかった何かが誕生する時に出ることの多いカードだ。それは隠喩ではなく、カードの意味そのままで何か生き物が生まれることを意味する。このカードの流れの中で突然違和感のあるカードが出たことに、リオノーラは戸惑った。

「あの、まさか……リオノーラ様が身籠もられていらっしゃる、とか」

だがその時、ミアがあっと小さな声を上げて呟く。もともと体の弱いリオノーラは、月のものが来る周期は安定していない。だから遅れても誰も気にはしていなかったのだけれど。

ふと自らのお腹に手を当てる。ここに来るまではイライアスと定期的に、密な夫婦関係を保っている。健康状態もかつてないほど良くなっていた。子どもを授かっている可能性が全くないとは言えないのだ。

「どちらにしても、月のものの来る時期がずれているのですから、体調を確認しないといけませんね。私、セントアン先生を呼んできます。今日は王宮に詰めていらっしゃるはずです。それに……あの方ならリオノーラ様のことを優先して守ってくださいますから」

動揺するリオノーラを見て、ミアが主人に言い聞かせるように言った。その言葉にリオノーラも頷く。慌ててミアが部屋を出て行ったのを見送ると、胸の奥に不安な気持ちがこみ上げてくる。

（もし、この状況で妊娠していることがわかったら……）

その子はもしかしたら女の子かもしれない。それが父王に知られれば、その子どもは聖女にするために奪われてしまうだろう。リオノーラに対する監禁ももっと厳しいものになる。それこそ、リオノーラは死んだことにされ、城の奥深くに監禁されてしまうかもしれない。

そういえば、幼い頃の自分と母は王宮のどこで生活をしていたのだろうか。ほとんど外に出ることなく生活していたことをふと思い出す。

（もしかして、母は……）

父にずっと幽閉されていたのだろうか。今の自分のように……。

ぞわりと震えが起きる。そう考えればいろいろな欠片が一つの絵を描くようにピタリと当てはまった。平民の母を持ち、最初から大切にされていなかった第一王女。神から授けられた能力を得るためだけの存在であった母のことを、個人的に知る貴族はほとんどいない。そして体の弱かった母はリオノーラが小さい頃に亡くなった。

それからリオノーラは五歳になると同時に神殿に連れて行かれ、視力を奪われた代わりに、無理矢理予見の能力を得ることになった。つまりアーガイルの娘である母の血筋と能力を授かる娘が欲しくて、父は母を得たに違いない。母は……リオノーラを身籠もり、その後短い人生をどんな気持ちで終えたのだろうか。優しく子守歌を歌ってくれた姿を思い出し、リオノーラが自分の腹部に手を当てて物思いにふけっていると、突然部屋の入り口のドアが開いた。

「ミア？　早かったわね」

だが顔を上げた先、ドアを開けたところに立っていたのは、ミアではなく全くの別人だった。

「貴方、なんでこんなところに？」

「リオノーラ様、何をしているのですか？　カード遊び……占い、ですか。幼稚ですね」

リオノーラの問いを無視して、くだらないと言いたげな表情を浮かべ、リオノーラしかいない部屋にズカズカと勝手に入ってくるのはヘリオスだ。

「誰の許可を得て、この部屋に入ってきたのですか」

リオノーラは、近づいてくる男の顔を睨むが、睨まれたヘリオスは嘲笑うような表情のまま距離を詰めてきた。

「――っ。だれか、誰か来て！」

大柄の男が迫ってくる恐怖に咄嗟に声を上げるが、主人であるリオノーラの呼び声に、誰も部屋に入ってこない。

「残念ですが、この部屋には誰も来ませんよ。入り口で王宮騎士団が侍女たちを追い払いましたから」

ニヤリと笑い、リオノーラが座っていたソファーの隣に腰掛けようとするので、慌てて距離を取るために立ち上がる。

「一体どういうつもり？」

そのまま、その無駄に長い手で捕まえられないように、リオノーラは十分な距離を置く。

「そこまで怯えなくても……いいえ、私の婚約者にお目にかかりに来ただけですよ。姫君」

ねっとりと舐め回すように見つめる視線が不快だ。リオノーラは目の前のお茶のカップを取り、投げつけたい欲に咄嗟に堪える。

「誰が誰の婚約者だというのです？　少なくとも私にはエリスバード公爵イライアスというれっきとした夫がおります」

ぐっとこぶしを握りしめ、元王女の私室のソファーに図々しく腰掛ける男を睨み付ける。

「確かに。ですがそれもまあ、あとしばらくのこと。すべてが整えば、リオノーラ様は私の妻となるのです。その後貴女が子どもをたくさん産むことを国王陛下は望んでおられます。聖女のスペアということですかね」

そう言いながら、無遠慮な視線をリオノーラの胸の辺りや腰の辺りにさまよわせる。もともと視線に敏感なリオノーラは吐き気がこみ上げてきて、思わずえづいてしまった。

「おや、大丈夫ですか?」

苦しげに咳き込むリオノーラを抱きかかえようとする男の手を、思いっきり払いのける。だがヘリオスは蝿《はえ》でも止まったかというように眉を一瞬寄せて、次の瞬間、にやぁっと笑った。

「思ったより、気が強いのですね。まあ、一応王女ではありますしね。……私としては、そういう嫌がる女を組み敷く時が一番楽しい。泣いてわめいて、それを無理矢理犯すのが、この世の中で一番楽しい閨事ですから」

クックックと笑う男の醜悪な様子に、恐怖と嫌悪で胃が痙攣《けいれん》し、立て続けに吐き気がこみ上げてくる。

「そんなに嫌がらなくても大丈夫ですよ。何度もすれば良くなります。女の体なんてそうなるようにできているのですから。いざとなれば媚薬《びやく》でも何でも飲ませて、ドロドロに溶かして差し上げますしね。薬さえつかえば、最後には理性もなくなって、自分で尻を振って男を欲しがるようになるんです。王女だって一緒です。最下層の娼婦《しょうふ》のように振る舞うんですよ。まあ……あのお上品な公爵ではせいぜい正常位でやるぐらいが関の山でしたでしょうから」

そう言いながら、リオノーラと夫との閨を想像するようににんまりと笑う。逃げようとするリオノーラをヘリオスはソファーの縁に追い詰め、背けている頤《おとがい》に手を伸ばし、彼女の顔を自分の方に向けた。本能的な恐怖を感じ、無理矢理顔を近づけてきた男の頬を全力で叩く。

「……ほう。そんなにお嫌ですか……」

頬に紅く痕が残っているにもかかわらず、それでも男はほんのわずか顔を揺らしただけで、ニタリと笑う。

「いい加減になさい。誰かの許可を取って来たわけではないのですよね。それならこれ以上のことをすれば、それ相応の処分がありますよ」

半分ははったりだ。だが正式に父王から許可が出たのなら、もっと違う形でリオノーラを訪ねて来たことだろう。そう思って声を荒らげると、ヘリオスはリオノーラの華奢な手首を捕らえて、無理矢理ソファーに腰掛けさせた上、肩を両手で上から押さえつけた。

「……丁寧にしてやっているうちに言うことを聞く方がよろしいですよ。もともとリオノーラ様は誰に何をされても従順に諦めた顔をして、受け入れていたじゃないですか。私はあの絶望したような顔が、最高にそそると思っていたんですが」

そう言うと、ヘリオスはソファーに無理矢理リオノーラを押し倒し、そのままのし掛かってくる。その男の体臭と興奮して汗で濡れた手の感触に、一気に胃液がこみ上がってきたのを、奥歯を噛みしめてこらえる。できるだけ匂いを感じないように、息を吐き出して一呼吸置くと、リオノーラは自分を暴力で自由にしようとしている男の顔を真正面で見る。

「……何をそんなに焦っているのですか？」

リオノーラの冷淡な問いかけに、ヘリオスの呼吸は乱れる。平常より速く浅い呼吸は興奮だけでなく、微かな怯えも感じさせた。

「……焦っている？」

「国王陛下は、私の次の嫁ぎ先をまだ決めてないのですよね。それなのに勝手にこんな風に手を出すことは、陛下の意に添うことになるのでしょうか？」

突然部屋までやってきた上にこんな態度を取るのは、目の前の男が何かに焦っているからだろう。

「私を先に手に入れれば、もしかして自分が陛下の跡を継げると勘違いしましたか？　フィリップお兄様の母君は、隣国の王女ですよ。正当な後継者であるお兄様がいるのに、そんな王位継承を周りが許すわけないじゃないですか。陛下に翻弄されて迂闊《うかつ》に私に手を出せば、貴方の性根が陛下に見破られ、今ある陛下からの信頼も損なわれますよ」

その言葉にギクリとしたヘリオスは動きを止める。その時、部屋の外から大きな声が聞こえて、ハッとヘリオスが顔を上げる。リオノーラの上から慌てて体を起こし、扉の向こうの王宮騎士団員に声を掛けた。

「お前等、何があった？」

「……何があったじゃないわよ。なぜ体調が悪いリオノーラ様の部屋から侍女たちが遠ざけられているの？　それに専属医である私が来たのよ。第一王女殿下に万が一医療上の問題が起きたら、国王陛下より、ここで私を留め置いた王宮騎士団員全員に処分が下るわ。わかったらさっさとそこ、退きなさい」

（セントアン女史！）

ホッとして力が抜ける。ミアが無事医者を連れてきてくれたのだ。

自分の思い通りにならなかったと知ったヘリオスはチッと舌打ちをすると、扉を開けた。リオノーラの部屋の前で騎士団員たちに何かを告げ、部屋を出て行くヘリオスと入れ替わりに、セントアンがミアを率いて部屋に入ってくる。

「リオノーラ様、大丈夫でしたか？」

有能な侍女の目は誤魔化せない。リオノーラの乱れた髪やドレスを見て、何かが起こったことを理解したミアは真っ青な顔をして、リオノーラの服を整えようとする。

「大丈夫。問題が起こる前にミアがセントアン女史を連れて来てくれたから……」

そう言ってソファーから立ち上がり、セントアンに挨拶をしようとした。だが……。

「よほど怖い目に遭ったんですね」

ガクガクと膝が震えて立ち上がることができなかったリオノーラを見て、セントアンは宥めるように手を握り、気遣う表情を浮かべる。

「あの男、陛下のお気に入りの護衛騎士でしたか。少々自分の立場を勘違いしているようですね。何らかの形で釘《くぎ》を刺した方が良いでしょう」

「ええ。考えてみるわ」

ヘリオスのあの態度は、仮にも王女に対して相応しいものとは言えないだろう。フィリップを通してでも抗議すると心に決めて、リオノーラは頷く。

「では診察をしますので、ミア以外の侍女は出て行ってください」

そう言ってセントアンは人払いし、リオノーラの前に跪いて脈を測り始める。が、肩をすくめてそれを途中でやめた。

「今計っても正しい数値は測れそうにないですね」

それはそうだろう。何とか横暴な男を追い払えたという安堵とそれまでの恐怖で心臓がバクバクと跳ね上がっている。

「でしたら心拍数が上がっている間に、こちらをお渡ししておきます」

にこりと笑って、セントアンは診察用の鞄《かばん》の中から、封筒を一つ取り出してリオノーラに渡す。

「……これは？」

「どうぞ。今見ていただいても構いませんよ」

その言葉に医師が処方箋を書いて渡す時のような、素っ気ない茶封筒を開けると、中から出てきた手紙にリオノーラは思わず声を失った。

「私の愛おしい人。無事に過ごしているでしょうか。何度も面会要請を出していますが、貴女が流行病になったため、会わせることができないという返事が来るばかりで、面会は

許可されません。ただ私は事実と違うことを知っています。そしてそれが私と貴女を会わせないようにするための陰謀だということも。

　私は今、貴女をこの腕の中に取り戻すために動いています。場合によっては少し時間が掛かるかも知れませんが、必ず迎えに参ります。どんな時も私の心は貴女に寄り添っています。愛しています。私の言葉を信じてください。貴女の無事を心から祈っています　貴女の夫より」

　リオノーラの名前も、イライアス自身の名前も書かれていない手紙だが、文章の内容でそれが夫からのものだとわかった。

「これ、どうしたんですか？」

　通常の手段であれば、セントアンであってもイライアスからの手紙を直接受け取ることはできないだろう。リオノーラの主治医を引き受ける際に、王宮との間でセントアンが様々な契約を結ばされたことをリオノーラは知っている。それなのにどうしてこんな素敵なものを持ってこられたのかと、リオノーラはドキドキと胸が高鳴るような高揚を感じながら、目の前の女医の顔を見上げる。

　セントアンは短く整えられた赤毛の髪をかき上げると、眼鏡の弦を押し上げて困ったように笑う。

「薬を仕入れている店の主から、リオノーラ様へと言われて預かっただけで、私はそれが何か知りません。ただ古い付き合いの信頼のおける薬屋ですから、リオノーラ様の返事も託すことはできるかもしれないですね」

つまりセントアンは何も知らないふりをして、リオノーラとイライアスの橋渡し役をしてくれるということらしい。どんなことがあってもこの状況を打破するために戦うつもりではいた。だがイライアスとの手紙の交換ができるのであれば、どれだけ心強いだろう。

「本当に？」

ずっと連絡が取れず心配していたのだ。それはきっとイライアスも同じだろう。リオノーラは慌てて便せんを手に取り、自分は元気だから心配しなくてもよい。無事に迎えに来てくれるのを待っている、と書いた後、少し悩んで子どものことに関すること以外のカード占いの結果と、最後に見た予見の内容について書き記した。こんな時なのに、イライアスに手紙を書くのがなんだか懐かしくて、久しぶりに心が弾む。

「では、これを薬屋さんに……」

にこりと笑って渡すと、セントアンはそれをいつも使っている素っ気ない封筒に入れ、さらにそれを鞄にしまった。

「ではそろそろ落ち着かれたことでしょうし、診察をしましょうか」

目が見えるようになっても、つい癖でリオノーラの手を引いてしまうミアに苦笑しつつ寝室に移動する。セントアンは慣れた手つきでベッドに腰掛けたリオノーラの体温と脈を測る。健康状態を見るために、下瞼を引っ張ったり、お腹の辺りに触れたりして体調を確認した。

「……月のものも遅れていらっしゃるんですね。体の状態から言っても、お子様を授かっている可能性は高いと思われます」

体の変化から妊娠している可能性が高い、と判断された。このところ感じやすくなっていた吐き気もつわりの可能性があると言われ、リオノーラはそっと自分の下腹部に手を当ててみる。ふと、村で曾祖母に一日も早く視力を返してもらうようにするべきだと言われたことを思い出した。

（もしかして子どもを授かっていたから、急いだ方が良いっていう意味であんな風に言ったのかも？）

どの時点で子どもができたと判断するのかはわからないけれど、あれ以降は夫に会えていないのだ。だったらあの旅の間に授かった子なのだろう。

「……どう、されますか？」

ぼうっとそんなことを考えていると、セントアンは真剣な顔をしてリオノーラの顔を覗き込む。

「どうって……？」

リオノーラが尋ね返すと、ミアがそっとリオノーラの肩に触れて笑顔を見せる。

「リオノーラ様、おめでとうございます。セントアン女史は、授かったお子様について公表すべきか、それともまずは秘するべきかどうか、尋ねているのだと思います」

ミアの言葉に、もしそのことを知ったら父グレイアムがどうするのかを想像してしまった。

（間違いなくその子どもが女児であれば、父に奪われてしまう）

「今はまだ、伏せておいてください」

「……イライアス様にも、ですか？」

セントアンはそう尋ねると、心配させまいとするように笑顔を見せた。

「もちろんリオノーラ様のお子様については、誰にどう伝えるのか、選択する権利はリオノーラ様にありますし、私は貴女の主治医ですから、その決定に全面的に従います」

何故わざわざそんなことをセントアンが言ったのか、リオノーラは理解して小さく頷いた。

「国王陛下にも、イライアスにも今はまだ言いません。陛下はその事実を知れば私への監視を厳しくするでしょうし、イライアスは私と子供を取り戻そうと無理をするでしょう」

リオノーラの言葉にセントアンも頷く。

「わかりました。それでしたら、国王陛下へお知らせする診断書には、リオノーラ様は心労で体調を崩されているとお伝えしましょう。胃腸が弱られているということで、胃腸薬の処方が必要ですね。面倒ですが薬屋に寄らなければなりません。そして体調が戻られるまでは、こまめに診察を行う予定です」

セントアンの返答を聞くとリオノーラたちは先ほどいた居間に戻り、ミアは侍女たちを呼び戻してお茶の準備をさせる。

「リオノーラ様は、現在心労で体調を崩されています。微熱を発しておりますし、胃の調子があまりよろしくないようですので、消化の良い食事を、少量で小まめに取ることをおすすめします。胃腸の薬を用意してまた明日に参りますが、体調の急な変化があればいつでも呼んでください」

それだけ言うと、セントアンはリオノーラの手紙の入った鞄を手に、部屋を出て行く。

その後を王宮騎士団が尾行しているのを知りつつ、セントアンは注意深く王宮を出て、いつも通りの道を通り薬屋に寄って、帰宅することにした。

第九章　陰謀と策略と悲劇

リオノーラがイライアスの元から連れ去られて一ヶ月。イライアスは公爵邸の執務室でガラーシア皇国の古くからの友人に面会依頼の書状を書いていた。

「イライアス様、薬をお持ちしました」

その言葉にハッと顔を上げたイライアスは、仕事の手を止めて、素っ気ない茶封筒と薬の袋を受け取る。

「…………」

何も言わずに封筒から手紙を抜き出す。そこには見慣れた筆致のリオノーラの手紙があった。その文字を見て、イライアスはほっと安堵の息をつく。

『大切な私の旦那様。体調は崩されていませんか。世間では私の病状が篤いと噂されているようですが、貴方に会えないことが寂しい以外は、とても元気にしていますので安心してください。訪問者もおらず、時間があるのでまたカード占いをしてみました。もちろん、予見ではなくあくまで占いなので、参考にしていただくぐらいでちょうど良いとは思うのですが。

現在のこの国の状態を見ると、貴方に味方してくれる人が増えていることがわかります。もしかすると、近いうちに国政の中心にいらっしゃる方が、不条理な理由で国王陛下に罷免されるかもしれません。それをきっかけに貴族たちの心は、完全に陛下から離れていきそうです。近い未来に大きな変化、突発的な事故による権力の委譲の兆し。そして今年も畑の作物の生育はあまり良くありませんが、来年は打って変わって豊作になり、国の政情も安定する、と出ております。今年の冬を無事乗り越えればすべて上手くいくと。

占いの結果はこんな感じです。少しでも貴方のお役に立つとよいのですが。また何かあればお知らせいたします。

貴方のお迎えを信じて待っていますので、けして無理はなさらないでください。

貴方を愛する妻より』

妻からの手紙を見て、イライアスは何よりその文字が不安で震えたりしていないことにホッとする。突然目が見えるようになったせいで苦労はしていないだろうか。自分の行った決断でリオノーラの人生を大きく変えてしまったかも知れない。たとえ何があっても彼女を自らの手で守るつもりだったが、その後彼女の傍にいることすらできない立場になってイライアスは彼女がどうしているか気に掛かって仕方ない。

それなのにリオノーラはいつもイライアスを責めたりしない。その上今回は夫の助けとなるように、占いまでしてくれたらしい。最初の手紙には、彼女が輿入れの時に見た宝玉についての予見と、それに関する占いの結果を書いてきた。そのおかげで、イライアスはガラーシアの知己の元を訪ねて、貴重な話も聞けた。

イライアスは彼女の書いてきたことと彼が実際に得ている情報を合わせて精査する。

もともと聖女となるほどの力があったのだ。彼女の占いは他の占いとは本質から違い、正確に真実をつかみ取っている。今現在、天候不順で農作物の不作が予想され、ここ数年の生産量の不足により市場の食料品の価格が高騰しているのも事実だ。国王は碌な対策をせず、ここ数年同じような状況の繰り返しだった。そのため、地方で領地を治めている貴族たちからも不満の声が多い。既に貴族たちは国王から気持ちが離れているだろう。

だが、来年豊作が見込めるようであれば、その不満も小さくなる。人は喉元を過ぎれば熱さを忘れるものだ。だからこそ逆にそうなる前に、貴族たちをこちら側に引き込む必要がある。

思わず考え込んでしまったイライアスを見て、ハリオットは一杯茶を入れて、それを彼の前に差し出した。

「……何か重要な情報でも書いてありましたか？」

「ああ、リオノーラはそばにいなくても、私に力を与えてくれる」

薬屋を通して行っている手紙の交換はこれで三回目だ。イライアスの周りは王宮騎士団の監視が厳しい。そのためリオノーラとの連絡が取れないと悩んでいたところに、ハリオットからの提案で薬屋を通して、セントアン女史にメッセンジャーを頼むことになった。

女史の方にも監視はついているようだが、医者が薬局で薬を買うのは当然のことなので、この手紙のやりとりは気づかれていないようだ。イライアスは処方されている胃薬を見て小さく苦笑する。リオノーラにも同じ薬が出されているらしい。口に含むと微かに甘さと酸味のある菓子のような偽薬を口にしながら、イライアスはリオノーラを思う。これを飲んでリオノーラは『薬なのに美味しい』と面白がって、いつものように柔らかい笑みを零しただろうか。想像すると自然と唇が笑みの形になっていた。

「離れていても、イライアス様の心を支えてくださるリオノーラ様は素晴らしい奥方ですね」

久しぶりにイライアスの表情が緩んだのを見て、ハリオットがホッとしたように声を上げた。彼の言葉に頷きながらも、イライアスの胸からリオノーラを心配する気持ちは常に消えることがない。厳しい状態に置かれているだろうが、リオノーラが少しでも笑ってくれる時間があることを祈っている。結局神殿前で別れてから一度もリオノーラの顔も見ておらず、彼女がどんな精神状態なのかもわからない。

「相変わらず社交界では、リオノーラ様が流行病に冒されて深刻な状況だという噂でもちきりですね」

手紙でも触れられていたように、現在リオノーラは王宮で流行病の治療を受けていることになっている。

「ああ。チェルシー王女やその取り巻きたちが楽しそうに噂を広げて回っているな……」

妹であるチェルシーがその噂を拡散していることで、それが真実だと社交界では理解されているのだ。一方でイライアスはそんなチェルシーがことあるごとに自分に近づいてくるのを排除することに苦慮している。

（パーティに出るのも第二王女と遊ぶためでなく、フィリップ殿下やその他の支援者たちとの意思確認に出席しているというのに……）

「ハリオット、その後も王宮にはリオノーラとの面会を申し出る書状を送り続けているのだろう？」

イライアスの問いに、ハリオットは口ひげを撫で、小さく頷く。

「ええ。日に一回はリオノーラ様との面会依頼の書状を送っていますが、まともな返事は返ってきておりません。王宮はエリスバード公爵家を愚弄するつもりでしょうか」

冷静な男にしては珍しく、微かに怒気混じりの声に、イライアスは肩をすくめた。

「王宮が、というよりは国王陛下が、だろうな……」

「どうやら国王陛下は本当に、リオノーラ様とイライアス様を直接会わせないまま、奥様が流行病のせいで亡くなったとでも発表しそうですね」

目を細めて吐き捨てるハリオットの言い方に、イライアスも国王なら新しい聖女を得るためにそうしかねないと焦りを覚える。

リオノーラを取り戻すべくイライアスは今まで作り上げてきた人脈を使い、国外からの情報を集め、それを元に社交の場で国内の貴族たちから協力を集めていた。そんな中でつきまとってくるチェルシーの存在は邪魔でしかない。もしイライアスの動きを妨げるためにチェルシーを送り込んでいるとしたら、腹立たしいが的を射た良い作戦なのかもしれない。

一方、フィリップは反国王派の旗頭として密かに国王から権力を委譲させるべく国内の権力を掌握しつつある。王宮騎士団は国王直属ではあるが、王都を守る白竜騎士団や、黒《こく》狼《ろう》騎士団などはフィリップがすでに掌握している。

（王宮騎士団を押さえ込めれば、王都での人的被害は少なくなるだろう）

とはいえ軍事衝突はできる限り避けたい。理想としては平和裏に、王位をフィリップに譲るように現国王グレイアムに持ちかけるのが一番だが……。

（自尊心の高い国王陛下が、自主的にその判断をされる可能性は非常に低いだろう……）

『国王陛下の希望を叶えるためだけに、この国は存在しているわけではないのだ。ならば最悪の場合、武力による王権奪取も考えなければならない』

悲痛な目をしてイライアスに言ったフィリップの決意と言葉を思い出して、小さくため息をつく。だが、リオノーラが王宮に連れ去られた当日の晩餐の様子をフィリップから聞き、国王の目論見を知って、彼自身もまた、悠長に解決を待っていられない気持ちだ。

（リオノーラはあれだけ美しい瞳をしているのだ……）

目が見えないことが瑕疵とされていたが、目が見えるようになり、以前よりいっそう美しい姿となった。そんなリオノーラを求める男は多いだろう。だが妻であるリオノーラを他の男に渡すなどどんなことがあっても許せるものではない。リオノーラとの穏やかで幸せな時間を思い出し、イライアスは唇を嚙みしめる。

「……多少強引な方法を用いても、陛下から権力を奪い、追い詰めていく方がいいな。それこそリオノーラのことに構っていられなくなるように」

イライアスの言葉にハリオットは力強く頷いた。

＊＊＊

それから一週間後、イライアスはブライアント公爵令嬢の婚約披露の宴に出席していた。ブライアントはサファーシスで最も権力を持つ公爵家である。だが先日、リオノーラが占っていたように、国王グレイアムと意見が対立したブライアント公爵は、大臣を罷免されてしまった。

今までであれば、国王と対立した時点で貴族たちはブライアントの元に寄りつかなくなっただろう。しかしこうして令嬢の婚約披露の宴にも数多くの貴族たちが参加していること自体、既に貴族たちの心がグレイアムから遠ざかっていることを表している。

神殿の森で、イライアスがリオノーラと引き離されたのは春の終わりだった。今、季節は作物が不作のまま秋に向かっている。じりじりと焦れるイライアスが情報を集めるため貴族たちの間を歩き回っていると、三年続いての不作に、あちこちから不安そうな会話が漏れ聞こえてくる。

「今年も天候不順が続いているのに、税を増やすだなんて……」

「ブライアント公爵もフィリップ殿下も、不作が続いているのだから、今年に関しては税を免じるべきだ、と進言してくださったんだ。なのに、そのせいでブライアント公爵は内政大臣を罷免されて、フィリップ殿下は政治の場から遠ざけられているとは」

「今の陛下は耳に痛い意見を聞くつもりはまったくないみたいだな」

「そんなの……もとからだろう？　今までは上手くいっていたから大きな不満もでなかったが……」

「いっそ……フィリップ殿下に王位を委譲してくだされば、ここまでの苦労はしないで済むのだが」

今年こそは豊作にと期待する気持ちがあった分、国王の横暴な振る舞いに、貴族たちの不満の声は抑えきれないほど高まっているようだ。

(だが、まだこうやって文句が言える貴族たちはいいが、平民たちの生活の困窮はさらに酷くなっている)

イライアスは領地や周辺地域から届く報告を思い出し、深くため息をつく。田畑を耕し、商売を発展させている平民の困窮は、すなわち国力の低下をもたらす。そうなればサファーシスは徐々に周りの国から置いて行かれるだろう。それはイライアスが一番心配しているところでもある。

（……ところでフィリップ殿下はどこだ？）

イライアスは今日、ブライアント公爵とフィリップ王太子と今後のことを話しに来たのだ。リオノーラの様子についてもフィリップなら何か知っているかも知れない。そう思いながら会場で王太子を探していると、予定外の人間から声を掛けられた。

「あらイライアス、今日はまた私に会いに来たの？」

そう言って扇で口元を隠し、目元だけで笑いかけてくるのは第二王女チェルシーだ。取り巻きの令嬢たちがいないことを視界の端で確認しながら、まずは挨拶をする。

「ああ……チェルシー様もこちらにいらしていたんですね。ごゆっくりお楽しみになってください。私はフィリップ殿下に用事がありまして……」

挨拶だけしてそそくさとその場を離れようとすると、逆に腕をガシリと摑まえられてしまった。

「照れなくてもよろしいのに。イライアス様は私に会いにいらしたんですよね。名義上の妻より、私の方が好きだと、ずっとおっしゃっていたじゃないですか」

ぎゅうっと腕にしがみつかれて、イライアスは声を失う。以前から距離を縮めてくる印象はあったが、今日のチェルシーはいつにもまして様子がおかしいことに気づいた。目の焦点が合っていないように思える。違和感に一歩身を引いて少し距離を置いた。

「……チェルシー様、顔色が悪いですが、お疲れではありませんか？」

「大丈夫ですわ。イライアスは未来の妻がそばにいるのですから、ここにいたら良いのに、と思って」

「未来の、妻？」

「ええ。だって。もうじきお姉様は、醜くて愚かで力ばかりの男の妻になるの。そうなったらイライアスはもう一度独身に戻れるわ！」

　クスクスと笑う声は既に酒の酔いが回っているように見える。イライアスは不穏な話に思わず顔を顰めた。だがチェルシーはそんなことを気にもせず、機嫌良さそうに話を続ける。

「そうしたらイライアスは忌婚から解放されて自由の身よ。今度はイライアスが本当に好きだった私が、妻になってあげる。だから感謝しなさい」

「何を言っておられるのですか？　リオノーラは私の唯一の妻です。それが何故、別の男の妻になれるのですか？　そして私はリオノーラ以外の女性と結婚する気はありません」

　そう言い返すと、チェルシーはにんまりと今まで見せたことのない醜悪な笑みを浮かべて、イライアスの腕に胸を押しつけるように縋《すが》りつく。やんわりと手をはずそうとしてもさらに深く抱きつかれ、擦り寄られてたまらずに顔を顰《しか》めてしまった。

「かわいそうなイライアス。もうあの人は戻ってこないわよ。だってお父様は自分の言うことをなんでも聞く愚かな男に子を孕《はら》ませるように命令して、お姉様に次の聖女を産むように仕向けているから。予見もできなくなって、使いものにならなくなったお姉様も、陛下のお役に立ててよかったわよね」

　内緒話をするように耳元に唇を寄せて、笑いを含んだ声で囁く。

「それは……どういうことですか？」

　ぞわりと背筋に寒気が立つ。リオノーラを夫である自分から奪い、病を理由に監禁し、その上で国王グレイアムに逆らわない男にリオノーラを与え、子どもを産ませようと本気で考えているのか。

「ふふふ。どういうことかしら。お兄様も気をつけないと陛下に従わない後継者として、始末されてしまうかもしれないわね。イライアスも周りを見て賢明に振る舞うことよ」

　チェルシーが楽しそうに笑っていると、グラスと菓子を持った取り巻きの令嬢たちが、チェルシーの元に戻ってきた。

「……それでは失礼いたします」

「ちょっと、私の話、聞いていたの？」

　まだ引き留めたさそうなチェルシーに一礼をして強引に会話を打ち切る。辺りを見渡すイライアスが、ブライアント公爵を見つけると同時に、向こうも気づいたらしい。イライアスの方に彼が近寄ってくる。さすがに諦めたのか、チェルシーはそれ以上には追ってこなかった。

「エリスバード公爵。……フィリップ殿下は既に奥の客間に……」

　挨拶もなく、そう言われてイライアスはブライアント公爵の後を追って、奥の間を目指す。扉の向こうにはソファーに腰掛けているフィリップがいた。ブライアントは扉を閉めて、控えていた侍女たちを部屋の外に追い出す。

「……イライアス、無事か」

「ええ、チェルシー殿下に付きまとわれて多少往生いたしましたが」

イライアスの言葉にフィリップは頭が痛いと言うように、こめかみに人差し指と中指を押しつけてため息をつく。

「今のチェルシーは父上の手足のようになっているからな。こちら側の集まりを悟られたくない。上手く撒《ま》けてよかった」

フィリップと握手を交わして、ブライアント公爵と共にソファーに座る。他の人間を一切置かず、ブライアント公爵が自分の分も含め同じ瓶から酒をグラスに注いだ。

「まずは……サファーシス王国の平安を願い、乾杯」

ブライアント公爵が一口飲んで毒味をし、そっとグラスを重ね合わす。それから話題は本題に移っていく。

「……なるほど。輿入れした日にリオノーラが予見したのは、ガラーシアに絡む一件についてだったんだな。陛下はその情報をリオノーラの予見で把握し、出てきた旗印でユージェイルにいると判断したんだろう。『ガラーシアの太陽』とそれを持ち出した皇子を誰よりも早く、秘密裏に確保したと」

フィリップは青白い表情のまま吐息をつく。『ガラーシアの太陽』と呼ばれているのは、ガラーシア皇国皇位継承の際に新しい皇帝が宣誓をするのに使用する国宝だ。金剛石の中に空を駆ける天馬を彫り込んでいるのだという。そのような貴重なものが非公式に国外に持ち出されたということ自体、大国ガラーシアの沽券《こけん》にかかわる大事件だ。取り戻すために必死にもなるだろう。

「ええ。国宝を持ち出したのが、現皇帝の第五皇子のザハール殿下で、グレイアム陛下が王宮騎士団員に確保させ、現在王宮内に匿っているところまでは確認ができました」

イライアスはそう言うと、緊張を和らげるように一口酒を飲んだ。ブライアント公爵領で採れた果実で作った最高級の酒は、サファーシス国内でも高い値段で取り引きされるのだが、その味すら全く感じられない。そんなイライアスの顔を見て、ブライアント公爵も気持ちがわかるのか小さく苦笑を漏らした。

「先日私は国内の状況を伝え、今年の税の徴収額を減らすように陛下に具申したところ、即刻大臣職を罷免されました……。陛下はリオノーラ様の予見を元に、以前は的確に施政を行っていたのですが、このところ、頼るべきものを失ったかのように、視点が定まらないまま政治を執り行っているように思えます」

内政を司る最上位の地位にあるブライアント公爵を罷免するということは、国にとっては政治の主軸を失うこととなり、馬車の片輪をなくしたのにも等しい。噂ではいろいろ聞いていたが、このところの国王の判断力欠如にイライアスは思わず顔を顰めた。

「陛下は何を考えていらっしゃるのか。ガラーシアにこの件が発覚すれば、ただではすまないというのに。特に国力が弱まっている今、ガラーシアとの間に戦端を開くことになれば……」

フィリップの言葉にブライアント公爵が重々しく頷く。

「……陛下は私には意思を明かしてくださらなかったのですが、フィリップ殿下にも何も知らせていないとは思いませんでした。ではガラーシアに宝玉と盗人を引き渡すかわりに、サファーシスに有利になるような何かしらの交渉をするつもりではないのでしょうか」

フィリップとブライアント公爵の話に、イライアスは小さくかぶりを振った。

「リオノーラからの手紙で予見の内容も知れたので、ガラーシアのコンラート皇帝弟殿下にそういった騒動が起きていないのか伺う書状を送りました。ですが、サファーシス側から現時点でそういった話はないようです。ガラーシアも『ガラーシアの太陽』の行方を本気で捜しているようなので、サファーシスで皇子の身柄と共に国宝を隠し持っていることが発覚すれば、我が国にとってあまり良い結果には結びつかないでしょう」

イライアスはガラーシアにいた頃から、コンラートとは親しい友人として付き合っていた。コンラート自身は権力欲がなく自由気ままに過ごしており、現在の恋人がサファーシスにいるために、今は王都に滞在中だ。その自由な立場から兄である皇帝との関係も良く、情報通でもある。何かあればコンラートの元にも情報が入っているはずなのだ。

「万が一にでも、陛下が第五皇子を支持し、『ガラーシアの太陽』を秘匿するのであれば」

フィリップが深く息を吐き出すと、イライアスとブライアント公爵の顔をひたと見据えて囁く。

「陛下から王権を剝奪してでも、隣国の国宝は返還するべきだと思います。今疲弊している我が国が、ガラーシアに制裁されないように。そのために……私に協力してもらえないでしょうか」

王太子の言葉に、ブライアント公爵とイライアスは小さく頷く。イライアスはリオノーラが見た『争う国王と王太子』の予見を思い出す。

（あの予見は顕在化しつつある。であれば、王太子が陛下に捕らわれる前に私は……）

顔を上げて、ブライアント公爵の顔を見上げる。微かに頷く仕草で自分たちが誰の治世を求めているのか確信し、二人は静かにグラスを上に掲げる。フィリップは小さく笑顔を見せ、彼もまたグラスを掲げる。

「何よりも、サファーシスのために……」

フィリップの声に合わせ、全員で一気に捧げたグラスを乾《ほ》す。

そして三人の密談は、深夜遅くまで続いたのだった。

＊＊＊

リオノーラは自分を迎えに来た男の顔を見て、そっとため息を吐く。何故かいつもの鎧を脱いで着飾った姿で登場したのは、グレイアムの護衛騎士ヘリオスだ。当然のように手を伸ばし、エスコートをするかのようにリオノーラの手が乗るのを待つ。

「お父様のところにいくのに、貴方にエスコートしてもらわないといけないのですか？」

単にリオノーラを監視するだけだと思っていたのに、この様子だと違うのかも知れない。リオノーラはこの間、ヘリオスが主張していたことが現実味を帯びているのではないかと身を震わせる。

「……リオノーラ様は今日も美しいですね」

またリオノーラの問いを無視し、代わりにじっとりとドレス姿を舐め回すように見た後、ヘリオスは品のない笑みを浮かべてみせる。リオノーラは先日の狼藉《ろうぜき》を思い出し、問いに反応しなかった。あの後フィリップから注進が行ったのか、ヘリオスは強引にリオノーラに迫ることはなくなったが、不愉快な視線は相変わらずで、執着の度合いは高まっているようだ。

「こんな美しい姫を下賜してくださるとは、国王陛下に感謝せねば」

「誰がそんな約束をしたというのですか？　私は、今もエリスバード公爵夫人です」

何を言っているのか、と非難するように睨み付けると、にやぁっと笑われてつわりは落ち着いたはずなのに吐き気がこみ上げてくる。

（体調は……一時に比べたら大分楽になったけど、この顔を見るだけで正直気分は悪い）

その後リオノーラの妊娠は順調に週数を重ね、ようやく安定期に入った。その事実を知るものは、ミアとセントアンのみ。信頼できない王宮の侍女たちにもその事実を明かしていない。もともと細身なせいで、まだお腹も目立ってはいないのだ。

(けれど、そろそろ侍女たちには気づかれてしまいそう。早く……ここから抜け出さないと)

リオノーラの密かな物思いを無視するように、ヘリオスはリオノーラにあれこれと話しかけてくる。

「エリスバード公爵とは離縁されるのでは？　陛下が貴女を私に嫁がせて、跡を継がせると言っていたではないですか」

あんな冗談めかして言われたことが、本当に叶うと思っているのだろうか。たとえこの男の剣の腕が優れているといっても、国を治めるということについて一つも知らないのに、とリオノーラは呆《あき》れてため息が出そうになった。

「……今日の陛下のお話が楽しみですね。リオノーラ様」

これから国王の呼び出しで家族会議なるものがあるそうだ。

(今まで私のことを家族などと認めてこなかったのに、何をいまさら……)

そう思いながらも、逆らうこともできずにヘリオスに案内されるまま、王宮内にある国王の私的な謁見の間に向かう。

「陛下、リオノーラ様をお連れいたしました」

二人の前を先導して歩くのも王宮騎士団員だ。ヘリオスの部下である男が恭しく扉の前で声を掛けると、中から侍従の応えがあって二人を部屋に通す。

私的な謁見の部屋は公的な謁見の間と違い、美しく豪華な内装ではあるが、寛ぐために
ソファーなどが置かれており、ゆっくりお茶を飲むこともできる。その部屋に既に人が何人も集まっていた。

「ヘリオス、その格好は何だ？　まあいい。そのまま私の護衛に入れ」

いつもの護衛騎士としての装束ではないことに、グレイアムは眉根を寄せる。ヘリオスは薄く目を見開き、それから頷くと、リオノーラからエスコートの手を外し、グレイアムの後ろに立つ。貴族衣装で護衛に立つ今日のヘリオスが酷く滑稽だと思ってしまった。

（やはり単なる護衛で、エスコートを指示したわけではなかったのね……）

少しだけ安堵して部屋の中を見渡すと、緊張した面持ちのフィリップと、嘲笑するような表情を浮かべているチェルシーが既にソファーに座っている。

「お姉様、これからのお話、楽しみですわね」

クスクスと笑うチェルシーの様子に、リオノーラは緩く眉を寄せる。そして、フィリップの向かいに、見慣れない男が一人座っていることに気づいた。

（この人は誰かしら……）

顔立ちは整っているし、座っている姿も品がありそれなりの地位の人間のように思える。しかしキョロキョロと辺りを見回すような視線と目の下の隈は、彼が精神的に追い詰められていることを示しているように思えた。どうやらサファーシス王国の貴族ではない

ようだ。せめてその声を聞けば正体がわかるかと思ったのだが、誰も彼がどういう人間なのか説明をしてくれない。

「これからエリスバード公爵がいらっしゃいます。リオノーラ姫はこちらにお座りになってお待ちください」

侍従の言葉にリオノーラは頷くと、その知らない男の隣に座った。その時。

「エリスバード公イライアス様がいらっしゃいました」

その声にリオノーラはハッと視線を上げる。

「国王陛下。お召しによりイライアス、参上いたしました」

入り口で優雅に礼をすると、イライアスはグレイアムの前に跪いた。

「顔を上げよ。イライアス。其方に話があってこの場に呼んだのだ」

王家の人間が座る中、イライアスだけが立った状態で、椅子も勧めずにグレイアムは話を始める。リオノーラはしばらくぶりに見た夫の姿に目が吸い寄せられるようで、じっと見つめてしまっていた。

（よかった、元気そう。あとで少しでも話ができたらいいのだけれど……）

そんなことを思いながら、彼の一挙手一投足をひたすら見つめていると、一瞬イライアスと視線が合った。だがさりげなく彼から視線を逸らされてリオノーラは急に胸に不安が広がるのを感じる。だが、次の瞬間、父王が話を始めたのでそれに意識を戻した。

「まずはこの度、リオノーラの目が治り、瑕疵のない状態となった。故に、リオノーラの忌婚は解消することとする」

いきなり言われた言葉にリオノーラは目を見張る。だがイライアスは落ち着き払った様子で、グレイアムに話しかけた。

「……陛下は、私とリオノーラを離縁させる、とおっしゃるのですか？」

「ああ、そうだ。こうして目が開くとリオノーラもなかなか美しい。サファーシス王国の王女として、また聖女を産む血筋を持つ者として価値が高まったと思わないか？　であればもっと私に対して利を齎《もたら》す男に嫁がせ直そうと思ってな。まあまだ嫁いで半年足らずか。エリスバード公爵も離縁するなら早いほうが良いだろう？」

一方的な言葉に、リオノーラはきゅっと唇を噛みしめた。ふと視線を感じてヘリオスの方を見れば、悦に入った笑顔を見せている。

（だからこの態度だったのね。つまり私が嫁ぐのはヘリオス、ということなの？）

イライアス以外の男性を受け入れることなんてできない。たとえ父王が強く求めたとしてもそんなことには耐えられない。不安で咄嗟にイライアスの表情を確認すると、彼は完全な無表情で国王の話に頷く。

「……忌婚の解消ということならば了承致しました」

淡々とした答えに国王は自らの意を得たとばかりに、満足げな笑みを浮かべた。

「さすがエリスバード公爵は有能だな。話が早い。この話、公爵家にも悪いようにはしない」

そう言うと、自分たちとは少し離れたところに案内させ、用意させた椅子にイライアスに腰掛けるように指示した。そして侍従が書類をイライアスの前に持ってくる。

「この書類にサインさえすれば、リオノーラとの忌婚は解消される」

グレイアムの言葉に、イライアスは顔色一つ変えずにペンを受け取り、目の前に置かれた書類に目を通し始める。

「私エリスバード公爵イライアスは、リオノーラ・ラウド・ファス・サファーシスとの婚姻を解消することに同意する」

最後の言葉を確認し、イライアスは小さく肩をすくめた。

「ずいぶんと身勝手なお話でありますし、私は妻であるリオノーラを大切に思っているのですが……今回の件、了承するのならばエリスバード家に対して、何かしらの補償なり報奨なりをしていただけるのでしょうか？」

イライアスの声が酷く冷静で淡々としている。リオノーラはそんな彼の交渉の言葉を聞いたことがなくて、背筋がぞっと寒くなる。

「ああ、そうだな。エリスバード公爵は何を望む？」

「……そうですね。今回の契約解消の代償として、お願いしたいことがございます」

「願い？」

「ええ。私が王家にとって少々不名誉な噂話を流してしまったことをお許しいただければ」

「……噂話？」

意味がわからないとばかりにグレイアムは首をひねったが、目の前の書類を完成させることを優先したらしい。

「どのような噂話をしたかは知らないが、既に行ったことなのであろう？　であればいまさらどうしようもない。その件で不敬罪に問わなければ良いということであれば了承しよう。だからさっさとその書類に署名を行うのだ」

リオノーラは目の前で起きていることの意味を理解したくなくて、そっと目を逸らした。嫌な動悸《どうき》が刻一刻と激しくなっていく。呼吸が苦しくて、イライアスの顔を見ていられない。

「イライ……アス」

思わず彼の様子を見ながらその名を呟くと、顔を上げたイライアスと視線が交わった。彼はリオノーラの顔を見てなんともいえない複雑な表情を浮かべ、次の瞬間、躊躇うことなく一気にその書類にサインをした。リオノーラはそんな彼の姿にショックを覚えて、思わずぎゅっと拳を握って、声が漏れるのを堪えた。

「あははは、ずいぶんとあっさりサインしたわね。やっぱりお姉様のことなんて、イライアスは一つも愛してなかったんだわ！」

だがそんなリオノーラの必死の自制心をくじくように、立ち上がって高らかに声を上げて笑うのはチェルシーだ。

「そして、これでお姉様は、あの男の慰み者になることが決まったのね！」

そう言ってチェルシーは国王の後ろで興奮に鼻の穴を膨らませている男を見やる。

「お姉様はこれで、体力ばかりの種馬みたいな男に、ひたすら子を孕まされる獣みたいな生活を送るのね。卑しい母を持つお姉様にぴったりな、娼婦のような生活ね」

チェルシーの王女とも思えない言葉選びに驚くよりも、イライアスの態度が理解できなくてリオノーラは必死に唇を噛みしめて、余計な言葉を発しないように心を落ち着かせる。先日もらった手紙では、いつも通りリオノーラを心配し、彼女を取り戻したいと言っていたイライアスのことを信じたい。だが、グレイアムは脅迫や懐柔を行って人心を捉えるのに長けている。もしかすると、イライアスの気持ちすら何かを使って掌握したのかもしれない。

「ねえお父様。そうしたら、私がイライアスの元に嫁ぐことになるのよね」

嬉しそうに口角をあげ、イライアスに微笑みかけるチェルシーに、イライアスは慇懃《いんぎん》に頭を下げた。有力な公爵家であるエリスバード家との婚姻自体は、サファーシス王室に利益があるのだ。特にブライアント公爵家と距離を置いている今となっては、エリスバード家との関係は王としても維持したいのだろう。

「まあ、その辺りの話は改めてイライアスとすればいい」

その言葉を聞くと、イライアスはゆっくりと顔を上げて、じっと静かに一連の話を聞いていた顔色の悪い男に声を掛けた。

「ところで、まだ紹介いただいていないのですが……そちらにいらっしゃるのは、ガラーシア皇国第五皇子ザハール殿下、ですよね。何故このようなところに？」

ガラーシア社交界にも顔が広いイライアスらしく、にこりと笑って男に声を掛けると、男はびくり、と肩を震わせた。

「ザハール殿下は私の客人だ。そしてリオノーラの娘婿として、サファーシス王国に迎え入れる予定だ」

その言葉にハッとヘリオスが顔色を変える。

「お待ちください。リオノーラ様は私に下賜されるのではなかったのですか？」

思わずと言った様子で声を上げた護衛騎士を、グレイアムは睨み付けた。

「お前ごときに、平民の母を持つとは言え、仮にも私の血の入った娘を与えるわけなかろう」

「それでは、フィリップ殿下を王太子から外すという話は……」

唾を飛ばして声を荒らげるヘリオスに、グレイアムは眉を顰めて言葉を返す。

「フィリップは王太子から外す。そしてザハール殿下を私の後釜に据える」

「なるほど、国王陛下は私からリオノーラを奪った上で、『ガラーシアの太陽』を許可なくサファーシスに持ち込んだ、ザハール殿下をこの国の次期国王にしようというんですね」

その言葉に胆力のないザハールはカタンと音を鳴らして立ち上がり、グレイアムはそんなザハールを見て眉根を寄せた。

「……何の話をしている？」

いつもと変わらない様子でぞんざいに答えたグレイアムの言葉に、イライアスは小さく笑いを返す。

「有能なフィリップ殿下を後継者から外して、次期皇帝になるだけの力がなく、そのくせその待遇に不満を持って国宝を盗み、隣国に持ち込むような愚かな皇子をこの国の跡継ぎにしようとは。まあ『ガラーシアの太陽』を確保しておけば、外交の切り札に使える可能性は、僅かにですがありますね」

イライアスは座らされた席から立ち上がり、ゆっくりとリオノーラの元に近づいて行く。彼女が座るソファーの後ろに立つと、そっとリオノーラの肩に手を置いた。リオノーラは先ほどまでの冷たい彼の態度との齟齬《そご》に困惑する。

「もちろん、その切り札を切るにはいつどのように伝えるか。が重要です。ただ残念なことに上手く取り仕切ったとしても、ガラーシア皇室の好意を得られる可能性は皆無だと思いますが」

「何?」

イライアスの反論が意外だったのか、国王は双眸を細めて胡乱げな顔をした。その国王の顔を真正面に見て、イライアスは不敵な笑みを返す。

「……先ほど広めたことについて、陛下から許しを得た王室に関する噂ですが……」

イライアスは腰をかがめ、リオノーラの手を取って小さく彼女に微笑みかける。リオノーラが半身をひねって後ろに立つイライアスを見上げた。彼の顔に浮かんでいるのはいつも通りの穏やかな微笑みで、リオノーラは夫の考えていることが理解できず、声すら上げることができない。ただ小声で『私の後ろに』と言われ慌てて席を立ち、彼の後ろに立った。状況が理解できず怯えるリオノーラを宥めるようにそっと手の甲に触れると、イライアスはグレイアムに向き直った。

「今回の件について、つい友人のコンラートに話してしまいました」

「……は？　コンラート……だと」

グレイアムはその人間が誰かを理解していないようだったが、コンラートと言われてリオノーラはその名前をイライアスから聞いたことがあることを思い出す。それは隣国の皇帝を兄に持つ男性の名前ではないだろうか。

「まさか……お、叔父上に？」

ザハールはひゅっと息を飲み、絶句してしまった。それを見たフィリップがグレイアムの後ろに立っていたヘリオスを見上げて言う。

「……ヘリオス。いい加減気づけ。父上はお前のことなどまるで関心がないことに。お前がずっとその身を守ってやってきたグレイアムは、お前のことを道具ほども大切にしていない。純粋な気持ちを利用されたことが、ようやく理解できただろう」

優雅にソファーに座り足を組みかえながら話しかけるフィリップのことを、ヘリオスは愚鈍な表情のまま見下ろす。

「……可哀想に。陛下が娘であるリオノーラをお前に与えると、そう信じていたからこそ、今日は護衛騎士としてではなく、貴族衣装で来たのだろう？　今までもずっとそうだった。騙されても信じて、すべてを犠牲に仕えてきたんだ。今ならまだ間に合う。父上にもう一度願い出たらどうだ？　イライアスとは離縁したんだ。リオノーラを欲しいと。そこにいるただ怯えているだけの盗人皇子に、この国とリオノーラ、どちらも取られてかまわないのか？」

同情に嘲りの色を乗せて、ヘリオスを煽るようなフィリップの言葉に、ヘリオスは咄嗟に目の前に立つグレイアムの背中に視線を向けた。

「……陛下。陛下は私を騙したのですか？　私がずっと仕えてきた誠実さに報いてくださると、そうおっしゃったじゃないですか！」

ヘリオスの顔を一瞬振り返りチラリと見ると、グレイアムは感情的に言葉を返した。

「ヘリオス、お前は私の言うことにだけしたがっていれば良い。そもそもお前のような小物が、国を治められるわけもあるまい」

イライアスの言葉に翻弄され、フィリップに煽られたヘリオスに嚙みつかれ、グレイアムは冷静さを徐々に失っていく。

「……それよりイライアス、お前、誰に何を言ったのだ！」

コンラートがガラーシア皇弟であるとようやく理解したらしいグレイアムは、落ち着き払っていた顔を変えソファーから立ち上がると、イライアスの前まで歩いてくる。

「私が、『ガラーシアの太陽』についてお話をしたのはガラーシアのコンラート皇弟殿下にです。ちょうど今恋人と共に、サファーシスに来ていますから」

イライアスは襟を掴まれながらも淡々と言葉を返す。リオノーラはイライアスの後ろに庇われて、声を失ったまま状況を見つめていることしかできない。

「……ヘリオス。陛下の言葉を聞いたか？　お前はこれぽっちの返答で満足か？」

二人の会話を無視して、フィリップがヘリオスを挑発する。瞬間、ヘリオスが振り向きもしないグレイアムを睨み、一瞬顔を歪める。

「陛下っ、どうなのですか！　お答えください！」

「煩い。剣を振るうことしかできない単細胞のくせに、そんなみっともない格好をしてリオノーラをエスコートするだと？　お前のような無才で不細工な男が、何故一国の王女を娶れると勘違いできるのだ？　図々しい。お前のような男を厚顔無恥というのだ！」

思い通りにならない怒りを叩きつけるようにグレイアムは声を荒らげる。だが言葉を返す相手を振り向きもせず、顔すらまともに見ないという相手を愚弄する態度に、ヘリオスは憤怒で顔を真っ赤に染めた。

「馬鹿にするのも大概にしろ！」

ヘリオスはそのまま一気にグレイアムの背後に走り寄りながら、王宮騎士団員に下賜されている宝玉のついた剣を引き抜く。その怒声と荒々しい足音に国王が振り返るが、ヘリオスは躊躇うことなく、振り向いた国王の胸を刺し貫いた。

「私に守ってもらっているくせに偉そうな口を利くな！」

ドゥと音を立てて倒れた男の顔に向かって、ヘリオスは声を荒らげた。

「……ぁ」

咄嗟にイライアスの体がリオノーラを隠し、絶命する刹那のグレイアムの顔は視界から隠された。だが次の瞬間。

「お前もだ。お前を殺せば、リオノーラは俺のものになる！」

そう叫んだヘリオスが、リオノーラを庇うイライアスを襲おうとした。咄嗟にリオノーラは自分を守ろうとするイライアスと無理矢理体を入れ替えて、目の前に迫る大男を見上げた。

「ヘリオス、控えなさい。貴方が傷つけようとしているのは私の最愛の夫、イライアスです。手を掛けることはけして許しません」

身を挺《てい》して夫を庇い、はっきりと声を上げると、ヘリオスが国王の血で汚れた剣を片手に、顔をぐしゃりと歪める。

「私は貴女を望んだだけです」

必死に声を上げるヘリオスを見て、リオノーラは首を左右に振った。

「……貴方も馬鹿にされて悔しかったのですね。私も……辛かった。でもずぅっと長い間、誰も大切にしてくれなかった私を、唯一大切にしてくれた人がイライアスなの。……貴方は父の喜ぶようにだけ振る舞い、自分より可哀想な私を自尊心を満たすために蔑んでいた。貴方が私を欲しがったのは、それだけの理由。……私がそんなことも知らないと思っていましたか？　私はイライアスを愛しています。それ以外の男性に自由にされるくらいなら、命ごとこの身を神に返します」

凛《りん》とした表情で真っ直ぐヘリオスの顔を見て、言葉を返す。そんなリオノーラにけして揺らぐことのない意思を感じたヘリオスは、気圧されたように一歩引き下がる。そのまま激情が途切れたように、がくりと膝を床についた。今まで国王を守るという任務をひたむきに遂行していた男の、突然の暴挙に凍りついていた護衛騎士たちはようやくヘリオスを拘束する。

抗うこともなく捕縛されたヘリオスは力尽きたように、仲間たちに引き立てられ部屋を出て行く。それと同時に王宮騎士団に呼ばれた医師が到着し、グレイアムの容態を確認している。

「……お、お父様っ」

呆然としていたチェルシーがようやく声を上げた。リオノーラはその時、胸の辺りを血で真っ赤に染めた父の姿を目の当たりにすることになった。

「お父……様？」

呆然としたままリオノーラはそう呼びかけ、返事がないことが理解できず立ち尽くしていたが、イライアスの温かい手を改めて背中に感じると、ふっと意識が遠くなっていたのだった。

＊＊＊

「リオノーラ、目が覚めた？」

意識が戻った時には、見慣れた部屋にいた。

「ここ……エリスバード家、ですか？」

そこは結婚して以来リオノーラが使っていたエリスバード家のリオノーラの寝室だ。リオノーラは辺りを見渡して何一つ変わっていないことにほっと安堵の息を吐く。

「あの、お父様は……？」

次の瞬間、あの衝撃的な出来事が一気に思い出されて苦しくなる。リオノーラは咄嗟に目を瞑り、辛すぎる回想を、奥歯を噛みしめて堪えた。

「……国王陛下は崩御された。……心臓から背中まで一気に貫かれて、ほとんど即死だったそうです。……リオノーラ、申し訳ない。あんなことになるとは……」

項垂れるイライアスの様子に、そっとその黒髪を撫でる。見かけより柔らかくて艶やかないつも通りの触り心地にほっと息を吐き出す。温かい夫の体にたまらない安堵を感じた。

「いえ、イライアスは何も悪くないです。お父様が人の心を弄び、傷つけ、そして侮っていたからこそ、こんな悲劇を引き起こしたのです。ガラーシアの国宝を盗んだ皇子ごと、自分の私利私欲の為に利用するなんて……高慢な考えがあのような結末を生んだのだと思います。……それでも、あんな人間でも私にとっては父で、私はこれで父も母も失ってしまったのだと思うと、胸が苦しくて……」

父親の死を受け入れつつも、悲しみに震えるリオノーラの言葉にイライアスは小さく頷き、そっとリオノーラを抱き寄せて、その背中を優しく撫でてくれた。

「優しくないどころか人を道具みたいに思っていて、私の大切なものもそうしようとしていたから、けして許せないと思っていたのに……それでも、胸にぽっかり穴が空いたみたいに苦しくて……」

温かい夫の腕の中で、ようやく今まで言いたかったけれども言えなかった言葉が溢れ出す。

「……リオノーラ、すみません」

それは何に対して謝っているのだろうか。

だがリオノーラもどこかで贖罪《しょくざい》の気持ちを胸に抱いている。それはもしかすると信頼していた護衛騎士に裏切られた父が可哀想に思えてしまったのかもしれない。あるいは結局父を失うまで、自分は父に愛されたことはなかったのだ、と気づいてしまったせいなのか。こみ上げる感情のまま、しばらくイライアスの胸で枯れることのない涙を溢れさせていた。

ゆっくりと夕日は沈み、室内が暗くなってくる。

その頃にようやく頭を上げたリオノーラを見て、イライアスはリオノーラの手に自らの手を添えて、改めて話しかける。

「……リオノーラ。もう一つ、とても大事なことを謝らせて欲しい」

指先にそっとキスを落としてイライアスが囁く。

「先ほどはリオノーラとの婚姻を破棄してしまった。だがそれには理由があるんだ。そして今日のために元々用意していた大切な書類がある……」

そう言って彼が出してきたのは結婚契約書のように見えた。

「……なんで、これをどうするの？」

彼はリオノーラとの婚姻を破棄したのだ。それなのに、なんでまたこのような書類を出してくるのか。

「リオノーラ。さっき破棄したのは『忌婚』の誓約書だ。リオノーラは私の最愛の人だ。忌むべき結婚などではけしてないから……。だから、忌婚の契約書は破棄して、私とリオノーラの意思を確かめ合った上で互いを尊重し愛し合う夫婦となる為の誓約書に、改めてサインをしてほしい。もちろん私の気持ちはいつでも変わらない」

そう言うと、彼は自らの署名を終えた『結婚誓約書』をリオノーラに差し出す。リオノーラは安堵の息をついた。

「私、もう一度イライアスの妻になれるのね……」

「ああ、リオノーラ。今度こそ、私からきちんと結婚を申し込みたい。私と結婚してほしい。そして私のすぐ隣でずっと一緒に生きてほしい。貴女がいつでも笑顔でいられるように努力し続けるから」

結婚して初めてのプロポーズをされて、リオノーラは幸福感に自然と笑みを浮かべていた。

「ええ、もちろん……喜んで」

そう囁くと、リオノーラはイライアスにベッドから下ろしてもらい、机でその書類にサインをした。

「ありがとう、リオノーラ」

そっと額にキスをしてくれる人の手をぎゅっと握りしめて、リオノーラもようやく普段の柔らかい笑顔を見せる。

「それに、私も大切なことをイライアスに言わないといけないの」

自分のお腹の上に手を置いて、リオノーラはじっとイライアスの顔を見つめる。彼は緑色の瞳を柔らかく細めて、リオノーラのすべてを受け入れるような優しい笑みを目元に浮かべた。

「もちろん、リオノーラの話はなんでも聞きたい。何があったのか、教えてほしい」

いつも通りの穏やかな声はリオノーラを不安にさせることはない。ようやく大切な人の元に戻れて、リオノーラは心からホッとした瞬間、お腹の中で何かが動いたのを感じた。

「イライアス、あのね。ここに、貴方の子どもがいるの……」

そっとその手を取りお腹に押しつけると、先ほどのポコリというような小さな震えを彼の指先も捉えたらしく、イライアスは目を見開いてリオノーラの顔を覗き込む。

「貴女は……私たちの子どもまで抱えて、たった一人であの王宮の中で戦っていたのか」

その緑色の瞳が感動で潤む。じっとその目を見ていたら、リオノーラも涙で目元が緩んでいく。

「王宮で子供のことを知られたら、どうなるかわからなかったから、ずっと内緒にしていたの。ミアとセントアン女史以外は誰も知らなかったの……」

瞬間、イライアスはふわりと目元を緩めた。ゆっくりと口角が上がり、柔らかい笑みを唇に刻む。

「……リオノーラ、ありがとう。大切な私たちの子どもを守ってくれて」

リオノーラは夫の幸せそうな表情を見て、自然と自分も笑っていることに気づいた。

「……イライアスありがとう。貴方のその幸せな顔を見ることができるのも、イライアスが私の視力を取り戻してくれたからだわ」

胸にこみ上げるような幸せの感覚に、リオノーラは温かい涙をその瞳に溢れさせたのだった。

エピローグ　二人だけの初夜

結局、国王グレイアムの死については公表できないほどの醜聞だったため、各国への対応も考慮して突然の病死を遂げたという発表をし、フィリップが国王代理として葬儀を行った。その後フィリップは半年の服喪ののち、正式に国王の座についた。

喪の間にリオノーラは女児を出産し、明けた後イライアスはリオノーラと改めて結婚誓約書を提出した。そして内々の人間だけを集めて披露の宴を持つことになった。

今日は生まれてすぐの子どもを乳母に預けて、リオノーラはイライアスが是非着て欲しいと用意してくれた美しい花嫁衣装を身にまとい、控えの間にいた。

「リオノーラ様、本当に……本当に美しいです」

そう言ってぎゅっと手を握りしめてくれるのはミアだ。その横にはリオノーラの乳母でミアの母でもあるカリナがソファーに座って二人の姿を見つめている。リオノーラが前を向くと、そこには磨き上げられた鏡に、目を隠すためではなく花嫁衣装のヴェールをつけた自分の姿があった。

喉元と耳元、髪にはいくつも真珠が飾られている。最高級の絹をふんだんに使い、レースと刺繍《ししゅう》でびっしりと飾り付けられた豪奢な真っ白のドレスが、リオノーラの以前よりは少し女性らしくふっくらとした体に寄り添う。

「リオノーラ様、母までこのお祝いの席に呼んでくださって……本当にありがとうございます」

「私も、こんな美しいリオノーラ様の姿を見られて……もうこの世に思い残すことはありません。もし、セシリア様がご存命でいらしたら、どんなにお喜びだったか……」

ハンカチで目を押さえるカリナの様子に、普段なら『こんなめでたい日に思い残すことはない』など不吉なことを言わないで、と言い返しそうなミアまで慌ててハンカチを取り出し、潤んだ自分の目元に押し付けている始末だ。

「カリナには私の母の分まで一杯長生きして欲しいわ。ああ、後で娘にも会ってね」

振り向いて言うと、親子そっくりな泣き顔でカリナは頷き、ミアは『フロイラインお嬢様はリオノーラ様に似て、最高に可愛いんですから』とぼろぼろ涙を流しつつもしっかり主張する。そんな二人を見て、リオノーラは目元を潤ませつつも、つい笑顔になってしまった。

(こんな二人の顔を見られるのも、イライアスが私の目を見えるようにするために、努力してくれたから……)

「カリナとミアがずっと家族のように私を守ってくれたから、私は今、こうして心から幸せだと言えるの。本当にありがとう」

そう改めてお礼を言えば、泣き止み掛けていた二人は本格的においおいと号泣し始めてしまった。だがつられてリオノーラが泣きそうになった瞬間、二人ともハッと泣き止み、

「リオノーラ様、泣いたらお化粧が取れます」

「目も腫れてしまいますから、泣くのは止めてください！」

体が動かないため口頭で注意をするカリナと、コットンでリオノーラの目元を押さえ、テキパキと化粧を直し始めるミアの様子に、思わず涙も引っ込んでしまった。

しばらくして、カリナとミアが落ち着いた頃に結婚式の呼び出しが掛かる。

（最初は披露宴どころか、結婚式すらせずに、輿入れしたのに……）

子どもを産んでから、結婚式をすることになるとは不思議なものだ。リオノーラは一日一日変化していく娘の成長を見逃すまいと、日々娘の様子を日記に残している。イライアスは、リオノーラと娘フロイラインを愛することで毎日が充実していると言ってくれる。けれど今日のように美しく着飾った自分を見てイライアスがどう思ってくれるのか、その表情を見るのが今から楽しみだ。

「……リオノーラ」

神官の立つ祭壇に向かう前に、控え室前に迎えに来たイライアスがリオノーラを見て、名前を呼び、次の瞬間黙ってしまう。きっと昔なら不安になっただろう。でもその表情を見るだけで、リオノーラは幸せな気持ちになるのだ。

リオノーラと目があった瞬間、イライアスはその温かな緑色の瞳を一瞬見開き、刹那微かに目元を潤ませる。同時に柔和に眦が下がり、目一杯口角が弧を描く。

「……本当に、綺麗だ」

興奮を押し隠した、幸せそうな声。抱きしめてキスをしようとして美しく飾られたリオノーラに触れて乱すことを躊躇うように、彼女の頬の傍らでぎゅっと握りしめられる手。それがそっと伸ばされて、このくらいは良いだろうと確認するように手の甲で微かに頬に触れた。

「イライアスも、とても素敵です」

花婿に相応しい普段より華やかなクラバットを結び、いつもより丁寧に整えられた髪。嬉しそうにキラキラと輝く瞳。襟と袖につけられたのはリオノーラの瞳のような、美しい紫水晶だ。

ふっと互いに視線を絡ませて微笑む。どちらともなく手を伸ばし、手を繋ぎ背筋を伸ばしてまっすぐ同じように前を向く。それから互いの縁をよりいっそう固く結ぶことを望むように、神官の待つ祭壇に向かった。

見守る人々の席の先頭には、イライアスの両親である前エリスバード公爵夫妻。祖母になる夫人に抱かれた娘。今日が祝いの席であることを心得ているのか、にこにこと笑顔を零している。そして本当であれば多忙で参列が叶わないであろう兄、新国王フィリップも席に座っている。

互いに愛を誓い合い神官の前に跪く。神官が二人の額に香油を塗り、神の祝福を祈る。

「リオノーラ、おめでとう」

「イライアス、お幸せに」

神と家族と友人たちに言祝がれ、二人は手を繋ぎ祭壇を後にする。結婚式を終えた後はエリスバード公爵家自慢の庭でガーデンパーティをすることになっている。

披露の宴に移ると、来賓の挨拶に立つ二人の元にやってきたのは『ガラーシアの太陽』と第五皇子をかの国に返却する窓口になってくれた隣国の皇弟コンラートだ。噂の通り美男子だが少々軽薄な感じがして、真面目なイライアスと仲が良いというのがなんだか不思議だ。

「初めまして。貴女がイライアスの愛妻ですね。サファーシス王宮ではいろいろあったようだけど、今後はフィリップ国王の元、ますますサファーシスが栄えることを願っています」

人好きのする笑みを浮かべている。その隣には夫と早く死に別れてしまったという美しい伯爵夫人を連れていて、その姿はまさしく恋多き男性という噂を具現化している。

コンラートは気さくな様子でリオノーラに声を掛けると、改めてイライアスと目線を合わせた。

「イライアス、改めておめでとう。あの時はいろいろと世話になったね。おかげで無事ガラーシア由来のものが二つ共戻ってきて、私もホッとしたよ」

あの後、ガラーシアに引き渡された第五皇子がどうなったのか、リオノーラは知らない。ただ現在療養中ということになっているらしく、イライアス曰く蟄居《ちっきょ》させられているが、ぎりぎり処刑されるまでは行っていないのではないか、ということらしい。

（それもあの事件が表沙汰になる前に解決できたおかげ。コンラート殿下を通じて、ガラーシアの国宝を返せて本当によかった……）

もしあのまま宝玉を盗んだ犯人共々、サファーシスに隠匿されていることが発覚したのなら、最悪の場合、大国ガラーシアから戦争を仕掛けられてもおかしくない。だが今回、イライアスが長い時間を掛けて築いてきた人脈によって、ガラーシア側と会合を持つことができ、フィリップ新国王から宝玉と皇子が引き渡されたことで友好関係を保てたのだ。

「リオノーラ、おめでとう」

イライアスの友人で、リオノーラの兄でもある新しい国王フィリップも引き続き披露の宴の席に参加してくれている。

「お兄様……ありがとうございます」

あれから後、フィリップは急逝した父の後を継いで、立派に国王としての義務を全うしている。だが一方であの事件以来、チェルシーはショックで塞ぎ込んで、ベッドでほとんど寝たきりの生活を送っているらしい。

「まあもともと父親の関心が欲しくて、いろいろしでかしていたところはあったから。チェルシーのことはもう心配しなくていい。私がきちんと面倒を見ているから」

フィリップはそう穏やかに話すが、今回の王権委譲に関してはヘリオスの突然の変心なども含めて、綺麗事だけではすまされない、様々な遠謀深慮もあっただろう。その後ヘリオスがどうなったのかも知らされていないのだ。冷たいかも知れないけれど、無理矢理自分を手に入れようとしたあの護衛騎士の強い執着心を感じる視線を思い出すと、姿を見ることがなくなって、ホッとしている自分がいる。

（ヘリオスのこともだけど……あのままお父様が治世を行っていたら、もっと多くの人が苦しむことになったのだろうから、お兄様は苦しかっただろうけれど、息子として、それから多くの国民を背負う国王として、正しい判断を行ったと思っている……）

フィリップの行動には、リオノーラを取り戻そうと、必死の努力をしてくれた夫イライアスも大きく関与している。だから何がその裏側にあったとしても、自分は兄フィリップと夫イライアスの決断を支持するだけだ。

フィリップは国王代理となって即、疲弊している国内情勢を理由に今年の税の免除を決定し、困窮している地域に支援物資を送った。その決断のおかげで、その年の餓死者は三年連続の不作だったにもかかわらず、非常に少なかったのだという。素早い英断に国民は一気にフィリップ新国王を歓迎するムードになった。それは専横なグレイアムの治世と違い、新王がイライアスやブライアント公爵をはじめとした、政治に長けた貴族たちの意見を聞き、協力を仰いだことによって実現したのだ。

（だからこれからこの国はもっと良い国になる……）

それは自分の行う予見がなくても、みんなの努力で実現できることだと、リオノーラは信じている。

「何はともあれ。リオノーラが無事子どもを出産できて、今こうして幸せそうにしていることが、兄として一番嬉しいよ。もちろん父のような愚かなことはけしてしない。約束する」

予見の能力などに頼らなくても、フィリップであれば国民を向いて良い治世を行うだろうと信じられる。だからリオノーラは兄に対して、感謝の言葉を伝えた。

「ありがとう、お兄様。いろいろあったけれど、私は今、とても幸せです」

リオノーラの言葉に、フィリップとイライアスが笑顔を見せた。

ブライアント公爵や、その他の親しい貴族からの挨拶が落ち着いたのを見て、ミアがリオノーラのところに娘フロイラインを連れてきてくれた。どうやら挙式中も機嫌良く待っていてくれたらしい。イライアスは最上級の綿で織られた白いおくるみに包み込まれた娘を、泣かせないようにそっと抱き上げる。

「皆様、私たちの宝物を紹介します。娘のフロイラインです」

小さな赤子はイライアスの手で、身内に披露されるように顔の辺りまで高く抱き上げられる。

父と娘、顔が近づいたのが嬉しいのか、フロイラインは父親の頬に向かって手を伸ばした。父と娘、互いに嬉しそうに視線を交わす瞳はどちらも温かな緑色だ。二人の愛の結実を祝うかのように、フロイラインは両親の大切な人たちの中で、光溢れるような笑みを零す。その幸せな光景をリオノーラは自らの目で見届けて、消えないように、その光景を心の中に焼き付けた。

＊＊＊

「――リオノーラ、ここに来て」

夢のような祝いの一時を終えて、乳母にフロイラインを預けたリオノーラは、夫イライアスと夜の時間を共にしている。二人にとってはあの忌婚の夜以来の、二度目の初夜だ。

今回の一件の後、リオノーラがエリスバード公爵邸に戻ってからも、イライアスは産前産後の彼女を気遣って軽いスキンシップ以上の接触はしてこなかった。

だが、今日はセントアンの許可も下り、元のような夫婦関係を営めると太鼓判を押されている。そのせいか、先ほどまでは娘の優しい父の顔を見せていたイライアスの声が二人きりになって一気に甘さを帯びる。リオノーラはそんな彼の様子に、胸を高鳴らせ、ベッドの上に座っている彼の元に近づいて行った。

酒に酔った時のように、妖艶で緩んでいる夫の表情にドキドキしてしまう。普段と違ってリオノーラを見つめる視線は甘いだけでなくどこか獲物を捕らえるような鋭さがある。目が見えなかった間は大切にしてくれる分、リオノーラを不安にさせてはいけない、と常に気遣っていたことを知っている。でも、今は……。

「あぁ……やっとリオノーラを抱ける」

　近づいてきた妻に手を伸ばし、自分に跨《またが》らせるように立っている彼女を引き寄せる。イライアスが望むまま、リオノーラはベッドに膝を乗せ彼の足の上に座り込むと、イライアスはリオノーラの唇にキスをする。

「んっ……ん……っ」

　角度を変えて何度も唇を重ね、舌がリオノーラの口内に入り込む。たまらずに甘い声が漏れてしまった。膝立ちになっている太ももの裏側から、臀部まで大きな手でじっくりと撫で上げられると、下半身がじわりと濡れていくような気がする。ぎゅっとお尻を握られて、思わず背筋を反らして声を上げてしまう。

「あぁっ」

「本当に長かった……」

　リオノーラが感じて彼の腕の中に倒れ込むまで愛撫をすると、イライアスは深々とため息を吐く。その声がなんだか可愛らしく思えて、リオノーラは彼の髪を柔らかく撫でる。

「……ありがとうございます。私とフロイラインを大切にしてくれて」

　囁いて覗き込んだ緑色の瞳が柔らかく弧を描く。

「どういたしまして。リオノーラを欲しいと思う気持ちを我慢するのは、とても苦労をしたけれど、貴女から勝ち得た信頼より大切なものは、この世にないから」

　チュッと音を立ててもう一つキスをして、彼は微笑む。リオノーラは彼のうなじに手を回し、今度は自ら彼にキスをする。

「だが、ここまで来たら私ももう限界だ。私の妻は本当に綺麗で、性格が良くて、趣味も良くて、最高に可愛いから、これ以上一瞬も我慢したくない」

一つ褒めるたびにキスを落とされて、リオノーラはくすぐったいような気持ちになる。

「……もう我慢しなくていいですよ」

くすりと笑うと、彼は目を見開いて、一瞬息を飲む。次の瞬間、じわりと目元を細めて困ったように小さく笑った。

「まったく。そんなことを言った責任は、貴女自身に取ってもらわないといけないな」

もう一度キスを落とすと、イライアスはリオノーラの寝間着のリボンを解いた。両手のひらを耳の下に置いてゆっくり下ろしていく。温かくて気持ちよい手のひらが下りていくのに合わせて、リオノーラの襟がはだけていく。

「リオノーラは本当に綺麗だ」

前をはだけたリオノーラを見上げ、うっとりとした声で囁く。イライアスを見て、リオノーラは何度も繰り返される賛美に小さく笑みを返した。

「もし綺麗だとしたら、そうやってイライアスがいつでも褒めてくれるおかげ」

今までそんな風に自分を褒めてくれた人はいなかった。でも褒められることで花ならば咲き誇り、女性であればきっと綺麗になるのだろう。

「……褒めてなんていない。真実を言っているだけだ」

しごく真面目な顔で答えるイライアスに小さく微笑み返す。

「……さて。我慢の時間は終わったし、そろそろ貴女を食べてしまいたいな」

くすりと笑うと、リオノーラを膝に乗せたまま、イライアスはつんと先を尖らせた胸に唇を這わせる。

「あぁ、まだキスしかしてないのに、紅くなって食べ頃だ」

やわりと下から持ち上げるように胸に触れると、その先端を唇で覆う。ちゅっと吸われただけで、ぞくっと甘い感覚がこみ上げてくる。

「ぁ……ぁあ」

母となってしまったと思っていた自分の体が、イライアスに触れられるだけで女性に戻るのだと思い知らされる。妻が敏感に反応する姿に、彼は自らの腰に手を回してリボンを解き、自分の寝間着をはだける。

「……あっ」

それは初めて見る裸の彼の胸だ。何度も抱かれたことはあるが、目が見えるようになってからこうなるのは初めてで、だからこそ、その逞しく美しい体に息が止まりそうになった。

「……どうした？　ああ、そうか。見慣れては……いないんだな」

何故かそう言うと、彼は楽しそうに笑う。

「それでは今度は触れて確認するのではなくて、見て確認してもらおうか」

少しだけ悪戯っぽく笑い、リオノーラの手を取って自らの肌を触らせる。

「見るだけじゃないんですか？」

文句を言うように唇を尖らせると、キスを落とされる。

「触って確認しつつ、見たら一番安心では？」

そう言いながら、彼は自分の胸を触らせて、ゆっくりと下半身へ下ろさせる。彼の肌はリオノーラの真っ白な肌より日に焼けているせいなのか、健康的な色をしている。触れた時にも思っていたけれど、意外と胸も腹部にも筋肉が張っていて、男性らしい美しい線を描いていた。

「イライアスは綺麗ですね。顔立ちも整っているけれど、体も……」

照れながらも素直な気持ちを口にすると、彼は何故かじわっと頬を染めた。

「……ありがとう。褒められるとは思わなかった」

「そうですか？　私、イライアスを目で見ることができるようになった時、すごく素敵な人だなって思ったんですよ」

ゆるゆると腹部の筋肉の襞を指でなぞると、彼は息を飲む。

「どうしたんですか？」

「いや……リオノーラに見られているという事実が予想以上にクルな、と」

そういう彼の視線を追って自分自身の指先を見ると、触り心地が良くて、無意識に彼の肌のくぼみを確認するように丹念に撫でている。

「いや、あのっ……違います」

「……何が違うの？」

からかう彼の声になんて答えるべきか迷っていると、その手をゆっくりと下に下ろされてしまった。

「これは……触ったことがあるから知っているだろう？」

「——っ」

そっと視線を下ろした先には、脱ぎかけた彼の寝間着が止まっている。その中心が布を押し上げるように膨らんでいることに気づいてしまった。

「あ、あのっ。それっ……」

なんであるかはわかっている。ただ触ったことはあるが、その姿を見たことはない。戸惑い逃げ出したくなるけれど、楽しそうに目を細めている彼はけしてリオノーラを逃してはくれそうにない。

「そこから出して欲しいな。それに自分の体に入る物は、ちゃんと見ておいた方が安心だろう？」

「……イライアスっ……」

じわっと全身が熱くなる。恥ずかしいのと、よくわからないドキドキで心臓がどうにかなってしまいそうだ。ただ面白がっているのか、彼は寝間着をわざと引っ張ったりして脱がせてほしいと仕草でリオノーラを促す。

「リオノーラ。お願いだ」

意地悪にねだるくせに、甘くて優しい声。抗えないような気持ちでそっと彼の寝間着をずらして、彼自身を露出する。

「……あ」

布をどければ彼の腹に張り付くように屹立《きつりつ》した物が目に飛び込んでくる。リオノーラの手でようやく包めるような大きさのそれは、全体的につるりとしており、先端の割れ目にじわりと雫《しずく》を蓄えていた。

「これはリオノーラが欲しくて垂らしている涎《よだれ》だ。貴女を早く食べたくて仕方ない堪え性のない困った奴なんだ」

彼の視線に促されて、リオノーラがおずおずとその雫に触れると待ちわびていたかのように溢れてくる。

「……もう完璧に勃ってるな。リオノーラに見られていると思うと、それだけでどうやら興奮するらしい」

そっと頬を撫でられて唇を寄せられる。キスをすると、手の中でそれはさらに硬さを増す。

「お願いだ。それを握ってゆっくり扱いてくれ」

目が見えなかった時、たまにしていた彼への愛撫が、目が見えるだけでこれだけリオノーラを淫らな気持ちにさせるのだろうか。心臓が跳ね上がるのを感じながら、彼の幹に触れてゆっくりと上下に扱く。

「リオノーラ。たまらない……」

自分の手で行う彼への淫らな愛撫。その光景から視線を逸らしたくて仕方ない。思わず視線を上げると、リオノーラの行う愛撫をじっと見つめているイライアスの視線と合ってしまった。目を潤ませて、とろりと快楽に溶ける夫の表情にドクリと鼓動が高まる。

「あぁ、リオノーラ、気持ちいい。貴女の目から見て、コレがどんな風になっているか教えて欲しい」

艶っぽすぎる表情と台詞に耐えきれなくてまた視線を落とす。

「どんなって……」

「硬く、なっている？」

「ええ、とっても硬くて、お腹につきそうなくらい反り返ってる。ピンと張り詰めてて、触るとぴくんって震えてる」

リオノーラの淫靡な言葉を聞くたびに、彼は呼応するように震えた。

「ありがとう。リオノーラの目から見ても私がすごく興奮しているってわかってもらえた？　リオノーラ、私のは準備が十分だから、今度はリオノーラの準備をしよう。少し腰を上げて」

そう言うと、彼はリオノーラをもう一度膝立ちさせる。両足は彼の太ももを跨いでいるから、彼のものの上に腰を上げるような姿勢になっている。その間にイライアスの手が入り込み、とろとろに溶けていたそこに指を這わせた。器用な彼の指が閉じられていたそこを左右に開いて、指をくぐらせる。

「ひぁうっ」

彼の指が中を掻《か》いた瞬間、体が跳ね上がる。くちゅり、と明らかな水音が聞こえて、リオノーラは顔を背けてイヤイヤと首を振った。

「ぐちゃぐちゃでとろとろだ……。私はまだ、ここには触れていなかったのに、どうして？」

にこりと笑って聞かれて、リオノーラは困ったように笑みを浮かべることしかできない。

「……私のを見ながら扱いたら、そんな風になってしまったの？」

楽しそうに尋ねるその声に、リオノーラは彼から手を離して、顔を覆って隠そうとする。

「手が汚れているよ。顔を隠す代わりに、もう一度触って欲しい」

そう言われて、彼の物を扱きながら、彼の愛撫を受けることになる。

「あぁ、だめ……は、ぁあっ……ん、ぁ、あ」

「ああ、こっちも硬くなってる。リオノーラの胸と一緒だな。すぐ感じて硬くなる。コリコリしてて触り心地が最高だ」

とろとろに溶けた指で感じやすい芽を剝かれ、尖ったそれに蜜をまとわせて転がされ、膝が崩れそうになったところに、胸の先に食いつかれて体が跳ね上がる。たまらず彼の首筋に抱きつき、甘い声で喘ぐ。

「あぁ、イライアス、気持ち、いいの……」

蜜をまとった指で中と入り口の飾りを攻められながら、胸に唇を這わせられる。うっかりその姿とイライアスの幸せそうな目元を見た瞬間、一瞬で頭が白くなってしまう。チカチカとするような悦楽の導きに、リオノーラは抗わずそれを受け入れる。

「あ、も、っ……ちゃう」

ひくひくと体を震わせて、彼の指をリオノーラの中が銜《くわ》え込む。きゅっきゅっと断続的に締まる感覚が蕩けるほど気持ちいい。ぎゅうっとイライアスの首に縋りつき、背筋を反らせてこみ上げてくる愉悦に耐える。

「……もうイってしまったの？」

カクリと体から力が抜けると、イライアスが尋ねる。くすりと笑う表情は優しくて甘い。チラリとリオノーラの上唇を舐める仕草が、淫らで愛おしい。

恥ずかしさに身もだえしながらもリオノーラがこくりと頷くと、良い子だと褒めるように髪を撫でられた。

「だったら私も、そろそろ……リオノーラが欲しいな」

いくつもキスを喉元に振らせつつ、イライアスはリオノーラの体を支えながら、自らのそそり立つ物をリオノーラの溶ける蜜口に押し当てる。

「……リオノーラ、見て」

その言葉に視線を下ろすと、イライアスがリオノーラの中にゆっくりと入っていく様子をつぶさに見ることになる。

「あっ……挿入《はい》ってる……」

思わず声を上げてしまった。視覚による刺激の強さで、リオノーラは動悸が激しくなりすぎてクラクラしてくる。ふらっと体が揺れた瞬間、ぎゅっとイライアスに抱きしめられた。

「ふらつくようなら、腰を下ろしたら良い」

イライアスはクスクスと笑いながら言う。リオノーラが躊躇いがちに視線を彷徨《さまよ》わせると、腰を下ろせば深く中に入ることに気づいた。

「……どちらにしても、良い光景だな」

下から軽く突かれるたびに、リオノーラは長い髪を揺らして、背筋を反らし愉悦に喘ぐ。イライアスの手が、支えるようなふりをしながらリオノーラの胸を包み込み、零れた胸の先を親指で潰したり転がしたりして、ますますリオノーラを追い詰めていく。

「あぁっんっ」

耐えきれずに腰を揺らめかし、硬くなった彼自身をもっと奥に導こうとおずおずと腰を下ろしかけた瞬間。

「やぁっ……刺さっちゃっ」

ぱちゅん、と淫らな音を立てて、彼が下から襲いかかってくる。普段優しく丁寧に愛してくれる彼が、息を乱しリオノーラを責め立てる姿にきゅんとして、彼をぎゅっと締め付けてしまう。

　イライアスがちゅっと下から唇を寄せ、キスをする。

「……あぁ、よく締まる」

「ふぁっ……はぁ……ん。だって……もっとイライアスを感じたいから」

　思わずそう答えると、彼は耐えきれなくなってリオノーラの腰を抱き込み、激しく下から突き上げる。

「もっと感じて」

「ひぁっ……ぁあん、ぁあ。……ぁああっ」

　リズミカルに突き上げられ、胸を揉みたてられてあっという間に絶頂に達してしまう。胸がふるふると震えるたびに、きゅんきゅんと中が締まって、彼を締めつける。擦られて完全に力が抜けた瞬間、奥まで彼が入ってきた。今まで受け入れたことのないほどの深さに、リオノーラは彼の首筋に抱きついて、耐えきれずに噛みついてしまう。

「あぁっ……リオノーラ、気持ちいいんだろう？」

　耳元で切羽詰まったように囁く夫の声に啼き声で答えていた。クラクラするほどの快楽がリオノーラのお腹の中から全身に広がっていく。

「ほら、見てごらん」

　目を開けけば、体を少し反らせた彼がリオノーラとの結合部分を見せつけるように腰を浮かせる。イライアスの猛る剛直がリオノーラの泡立つ蜜の中に突き刺さっているのがはっきりと見えてしまった。

「……交わっているんだ。今リオノーラと私が」

生々しい言葉に全身がカッと熱くなる。瞬間、今まで感じたことのないほど強い悦楽が体にこみ上げてくる。

「やぁっ……イライアス、だめ、そんなこと、言ったらっ」

「……またイってしまうんだろう？　ああ、たくさんイって、気持ちよくなったらいい。それだけ私たちが深く愛し合っている、ということなのだから」

その言葉に、リオノーラは心が震えるほどの幸福感を覚える。愛しているから気持ちいい。愛されているからこそ気持ちいいのだ。

「……イライアスも、気持ちいい？」

彼は目を細め、口元を緩ませる。

「あぁ、最高に気持ちいい。貴女が気持ちよく感じていたら、余計に良くなる」

「あぁ、ああっ。私も。私……イライアスが感じたら、もっと良くなってしまうっ」

それを聞いてイライアスが小さく笑う。

「貴女が貴女である限り、私は貴女が好きだ。最初の手紙をもらってからずっと」

耳元で囁かれる甘い言葉を聞きながら、リオノーラはまた深く達する。彼にもたれかかり、呼吸を整えるリオノーラの耳元でイライアスが囁く。

「リオノーラ、一度で満足？　……私はまだ、全然足りないのだけど」

リオノーラの体を横たえて、額に掛かる髪を優しく掻き分けさらに言った。

「私たちの本当の結婚初夜だ。リオノーラ、私の愛おしい妻は、当然朝まで付き合ってくれるね？　大丈夫。疲れたら少し眠ったら良い。それにフロイラインはミアと乳母が面倒を見てくれているし、パトリシアとハリオットが、ここ数日は家のことをすべて取り計らってくれると約束してくれたから。あと、呼ばない限り誰も寝室には入ってこないように命じているので、リオノーラは安心して、私に抱かれたらいい」

甘くて優しくて、容赦のない囁き。

リオノーラの夫は強引にせずとも、リオノーラを手に入れるのが得意なのだ。

そんな根回しの上手い外交上手の夫に『はい』以外の返事をする可能性をすべて潰されていた。

（でも、今夜は私もいっぱい愛して欲しい……）

そう答える代わりに手を差し伸べて、彼を抱きしめると、彼は緑色の瞳を優しく細めて緩やかに口角を上げ、本当に嬉しそうに笑顔を見せた。

これからはいつでもイライアスの気持ちを見て知ることができる。その幸せを感じながら、リオノーラはそっと目を閉じる。

「リオノーラ愛してる」

「イライアス、愛しています」

互いの思いを伝え合うとどちらからともなく優しい口づけを交わし……。

忌婚を解消した二人の二度目の初夜は、甘く果てなく続く。

番外編　最愛の人に送る手紙

ここの景色を見るのは、三回目だ。リオノーラは青く高い空を見上げて小さく笑みを浮かべた。額縁のように青空を囲む大きな木は緑の葉を茂らせ、明るい太陽の光に新緑がキラキラと輝いて、公爵領で見るよりももっと、この辺りの木々は生命力を感じさせる。

「フロイライン、ここがアーガイル村よ」

前王が護衛騎士の凶刃で命を失った翌年は、その損失を補うように豊作となり、その後フィリップ王の治世下となってからも豊作が続き、このところ作物の出来具合は安定している。お陰でユージェイルなどの辺境まで治安が良くなっている。ようやく落ち着いた国内情勢のおかげで、リオノーラは念願だった母の故郷への再訪を実現させることができた。

リオノーラは繋いだ手の先で、あの時のリオノーラのように目を見開いて辺りを見渡している娘フロイラインに声を掛ける。

「おかあさま、木が大きいわね。お花もいっぱい……」

嬉しそうに走り出しそうな手をしっかりとつかむと、腰をかがめて娘と顔を近づけて、柔らかく温かな頬をちょん、と指先で触れた。

「ゆっくり歩きながら見ましょうね。ほら見て、あそこに小さな川があるでしょう？　お水に落ちたらとっても危ないのよ」

じっとリオノーラの顔を見つめ、娘フロイラインは聡明そうな緑の目をひたと母に向けると、三歳の幼女のわりにはしっかりと頷く。

「わかりました。おかあさま」

頷いた娘を乳母のエリーに預けると、フロイラインはエリーと手を繋ぎ、慎重に歩き始めたが、次の瞬間、また走り出しそうになる。

「フロイライン！」

思わず声を上げたのと同時に、エリーに抱き上げられたフロイラインは照れたような笑いを浮かべる。後ろからクックックッと小さな笑い声が聞こえて、リオノーラは後ろを振り向いた。

「もうっ。あの好奇心いっぱいで、無鉄砲な性格は、貴方譲りだと思います」

思わずそう声を上げると、イライアスは耐えきれなかったようで声を上げて笑い出した。

「ああ、確かにそうかもしれません。でも面白そうと思うと、貴女も意外に好奇心が抑えられないところがありますよね」

くったくなく笑う夫の顔を見ていると、なんだかおかしくなって気づくとリオノーラも笑っている。すると慣れない貴賓客にどうしようかと思っていたのであろう村長が、控えめに声を掛けてきた。

「あの……こちらでは落ち着かないでしょうから、よければ一度うちの家で少し休んで行かれたらいかがでしょうか？」

その声にイライアスは頷き、リオノーラたちは四年振りになる村長の家にお邪魔することになったのだった。

「こんにちは。リオノーラ様、イライアス様、元気にしていらっしゃいましたか？」

そう声を掛けてくるのは、近頃婿をとって結婚をしたというナージャだ。あの頃はまだ少女だった顔が、四年の間にすっかりと大人びていて、リオノーラもびっくりした。

しかもナージャのお腹の中にはすでに、フロイラインの再従兄弟《はとこ》となる赤子がいるのだという。時間の流れの早さになんだかびっくりして、ついそう口にしてしまっていた。

「親戚というのはそういうものですよ。小さいと思っていた身内の子が、いつの間にか結婚して子供を生んで大人になっていたり……ね」

するとイライアスはそんな風に答えてくれて、縁の薄かった母を通じて、この村に自分の血のつながりが脈々と続いているのだ、と改めて感じ、なんだか嬉しく思えたのだけれど……。

「あの時は……大変なことに巻き込んですみませんでした」

改めてイライアスがそう声を掛けて、ナージャに頭を下げようとすると、彼女は公爵様に謝られては困る、とばかりに慌てて首を左右に振った。

「いいえ、リオノーラ様と公爵様のお陰で、無事に村に戻れましたし、その後も特に問題はなかったですから……」

あの日神殿に向かった後、リオノーラは王宮に連れて行かれ、それ以来村に再訪することができていなかった。だが子供も少し大きくなり、三度目の来訪で今度こそは母の墓参りをしたい、とイライアスとも話して、今回のアーガイル村の訪問を行うことになったのだった。

「そういえば、神殿の歌の件。わざわざ連絡ありがとうございました」

お茶を出しながら、ナージャが話を続ける。公爵夫人となったリオノーラが、正式に村に戻らないと表明したことで、ナージャは神殿の歌の後継者となったのだ。

「あの……やっぱり歌は、曾祖母様から伝承されたんですか?」

イライアスの言葉に、ナージャはにこりと笑う。リオノーラは高齢の曾祖母のマーサが、歌の伝承ができるほど、元気であることにホッとする。

「本当にうちの婆さんの周りだけ、時間が止まっているんじゃねぇかとたまに思うな」

邪険な言い方をしつつも、目尻を下げ、嬉しそうに話す村長の様子にも心が温かくなる。

「後で、また大婆ちゃんにも、挨拶していってください。それになんか……リオノーラ様に渡したい物があるって言っていましたよ」

ナージャの言葉に思わずイライアスと顔を見合わせてしまう。少しお茶を飲んで落ち着くと、リオノーラの曾祖母マーサの枕元を再び訪ねることになった。

思いがけず元気そうな様子を見せたマーサは、フロイラインの頭を撫でて嬉しそうに笑い、そしてじきに今度は男の子が生まれるよ、と予言めいたことを言うと、リオノーラに一通手紙を渡して、また眠ってしまう。

「最近は大婆ちゃん、ほとんど起きてなくてさ。ずっと眠るようになったら神さまのところに旅立つのかもね」

飾らない言葉でそう告げるナージャの案内で、今度こそ神殿ではなく、近くにあるという村人の墓地に向かう。妊婦に道案内を頼んで良いのかと思ったのだが、この辺りは庭のようなものだから、とこの間と同じようにナージャが連れて行ってくれる。こちらの道にはあまり草が生えていないのは、ことあるごとに誰かしらがお参りに来ているかららしい。

山の中にある墓地は小高い丘の上にある。日当たりがよくて心地のいいところだ。村長の一族のお墓は中央にあった。

ナージャは後で迎えに来ると言って、いったんその場から離れていく。

「ここ、なぁに?」

そう尋ねるフロイラインの手を取る。

「ここはね、フロイラインのお祖母様のお墓なの。私の……お母様のお墓」

セシリアと刻まれた墓石の前で跪き、墓石をそっと撫でると、リオノーラはなぜだか急に泣きたくなった。

「お母様、ようやく来ることができました……。夫のイライアスと、娘のフロイラインです」

堪えきれず、ほろほろと涙がこぼれ落ちてくる。傍らに跪いたイライアスがそっとハンカチを手渡して、話せなくなってしまったリオノーラの代わりに言葉を引き継いでくれた。

「お義母上、貴女の大切なお嬢様と結婚させていただきました。ご挨拶が遅れて申し訳ありません。リオノーラは私が幸せにします。そして貴女の孫であるフロイラインも、これから生まれてくる子供たちも、全員、私が命がけで守ります……」

夫の誓いの声に涙が止まらなくなってしまう。それでも泣いてしまった母を力づけるように、隣でぎゅっと手を握りしめてくれる娘の指の強さに、リオノーラはゆっくりと笑顔を浮かべる。

「イライアス、手紙を読んでもいいかしら……」

その言葉に母の墓石の近くでイライアスは敷物を敷いてくれ、家族みんなで座る。

マーサが渡してくれた手紙は、母セシリアが亡くなる前に、リオノーラに渡してほしいと預けていた物だったのだという。前回は目が見えるようになってから渡そうと思っていたのに、渡せる状況ではなくなってしまったため、今回ようやくリオノーラの手元に届いたのだ。

リオノーラは震える手でそっと長い間保管されていたせいで、少し古びた色合いになった手紙を開く。そこには柔らかい筆跡で文字が書かれていた。どことなくその筆跡が自分と似ていることに血のつながりを感じ、温かい思いが胸を満たしていく。

『リオノーラ、貴女がこの手紙を読んでいる頃、きっと私は貴女の隣にはいられなくなっているることでしょう。人の運命はいつも思い通りになるとは限りません。きっと近いうちに、貴女の傍にいられなくなる自分が情けなくて。本当に悔しい。

それでも私は貴女に出会えたことが心から嬉しいのです。貴女をこの腕に抱けた運命に後悔することは一つもありませんでした。

願わくば、大切な私の娘が、今愛する人と共に過ごせていますように。貴女が健康で幸せでありますように。貴女が笑顔でいられることを、ただただ、心の底から願っています。

貴女の母　セシリア』

読み終わった瞬間、リオノーラは堪えきれず嗚咽を漏らしていた。そっとその肩を抱いてくれる夫の胸に顔を預ける。

「お母……さま？」

心配そうに声を上げる娘も抱きかかえて一緒に抱きしめる。

「大丈夫……お母様はきっと嬉しくて泣いているのだろうから……」

夫がそう言うと、娘は手を伸ばし、いつもリオノーラが褒めるときのようにそっと頭を撫でてくれた。ふとリオノーラに微かな記憶が蘇る。

『リオノーラ。いい子ね。どこにいても、お母様が貴女を守ってあげるから……』

亡くなった父から愛された記憶は残念ながら一つもない。母の記憶は遠く、微かで存在しないような気すらしていた。それでも今、こうしてリオノーラが誰かを愛せるのは、リオノーラを命がけで産んでくれ、慈しんでくれた母からの確かな愛があったからなのだ。

改めてその事実を噛みしめる。

（お母様。私、目に見える物だけが真実じゃないってわかっているつもりだったのに、目が見えるようになった今、ようやく貴女からの愛に気づきました……）

潤んだ目を開けると、優しく微笑みかけてくる二組の緑の瞳がある。リオノーラは涙に濡れた瞳でじっと愛おしい存在を見つめる。

「ありがとう。世界で一番、大好きよ」

そう囁くと躊躇うことなく、二つの言葉が返ってくる。

「もちろん。私も貴女を世界一、愛している」

「お母さま、フロイラインも！　フロイラインもお母さまのこと、一番大好き」

（お母様、ありがとう。私を生んでくださって。……今、とても幸せなの）

リオノーラは、温かい家族の言葉を聞きながら、もう一度感謝の言葉を心で述べると、そっと大切な手紙を胸に抱きしめたのだった。

あとがき

こんにちは。当麻咲来です。このたびは『忌まわしき婚姻を請け負う公爵は、盲目の姫を溺愛する』を手に取っていただきましてありがとうございます。

このお話は、父王によって視力を奪われ、代わりに予見する能力を持つことになった健気なヒロイン・リオノーラと、彼女を受け入れる有能な公爵とのラブストーリーです。

リオノーラは、望んでもいない能力を無理矢理身につけさせられ、盲目ゆえの大変な努力と苦痛を強いられますが、父王や周りにわかってもらえず、それどころか腹違いの妹に不当に虐げられ、自分との結婚をいやいや受け入れたであろうヒーロー・イライアスの元に輿入れします。

イライアスも色々な誤解がある上でリオノーラを妻として受け入れますが、有能公爵という評判通り、世間の噂に惑わされず、ヒロイン自身を見て彼女に惹かれていきます。

今回の作品を書いている時に何が大変だったかというと、ヒロインの目が見えないので、視覚でわかる情報を基本ヒロインの視点では書けない、ということでした。せっかくの眉目秀麗なヒーローであっても、伝えられないという悲しさ（笑）。

代わりに視覚以外の情報で状況説明をしなければならず、表現方法には苦労しました。その分、リオノーラの目が見えるようになった瞬間、思いっきり情景描写を書くことを楽しみましたが。

今回、特に書いていて楽しかったのは、文官ヒーロー・イライアスです。騎士ヒーローや王族ヒーローは書いたことがありますが、剣に頼らない純然たる文官ヒーローは書いたことなくて……。でも文官ならではの戦い方でリオノーラを取り戻すイライアスが、かっこ良く書けているといいなと思っています。

今回の表紙、挿絵を担当してくださったのは逆月酒乱先生です。大人の魅力たっぷりなイライアスと、愛らしいリオノーラをイメージ通りに、甘く切なく描いてくださってとても嬉しかったです。編集者さん、デザイナーさん、それ以外にも様々な方のお力添えをいただき、無事本を刊行することができました。

そして何よりこうして読んでくださる皆様のお陰で、今回も本を出すことができました。

今回もあとがきまでお付き合いいただいた皆様に、あらん限りの愛と最大級の感謝を！

また近いうちにどこかでお会いできることを願っています。

このたびは、本当にありがとうございました。

当麻咲来

本書は、電子書籍レーベル「ルキア」より発売された電子書籍『忌まわしき婚姻を請け負う公爵は、予見の姫を溺愛する』を元に加筆・修正したものです。

★著者・イラストレーターへのファンレターやプレゼントにつきまして★
著者・イラストレーターへのファンレターやプレゼントは、下記の住所にお送りください。いただいたお手紙やプレゼントは、できるだけ早く著作者にお送りしておりますが、状況によって時間が掛かる場合があります。生ものや賞味期限の短い食べ物をご送付いただきますとお届けできない場合がございますので、何卒ご理解ください。
送り先
〒160-0004 東京都新宿区四谷3-14-1 UUR四谷三丁目ビル2階
(株) パブリッシングリンク
ムーンドロップス 編集部
○○(著者・イラストレーターのお名前)様

忌まわしき婚姻を請け負う公爵は、
盲目の姫を溺愛する

２０２２年１２月１６日 初版第一刷発行

著……………………………… 当麻咲来
画……………………………… 逆月酒乱
編集………………… 株式会社パブリッシングリンク
ブックデザイン…………………… しおざわりな
（ムシカゴグラフィクス）
本文ＤＴＰ…………………………… ＩＤＲ

発行人………………………………… 後藤明信
発行…………………………… 株式会社竹書房
〒102-0075 東京都千代田区三番町８－１
三番町東急ビル６Ｆ
email：info@takeshobo.co.jp
http://www.takeshobo.co.jp
印刷・製本…………………… 中央精版印刷株式会社

立川談志　まくらコレクション
風雲児、落語と現代を斬る！

2020年11月28日　初版第一刷発行

著…………………………………………………………… 立川談志
まえがき・あとがき………………………… サンキュータツオ
編集人………………………………………………………… 加藤威史
構成……………………………………………………… 十郎ザエモン
協力…………………………………………………………… 談志役場
音声データ提供………………………… 有限会社ごらく茶屋
校閲校正…………………………………………………… 丸山真保
装丁・組版……………………………………… ニシヤマツヨシ
QR コード音声データ配信 ………………………… 小倉真一

発行人………………………………………………………… 後藤明信
発行所……………………………………………… 株式会社竹書房
〒102-0072　東京都千代田区飯田橋2-7-3
電話　03-3264-1576（代表）
03-3234-6381（編集）
http://www.takeshobo.co.jp

印刷・製本…………………………………… 中央精版印刷株式会社

※本作特典のＱＲコードによる音声配信は、2022年11月末日で配信終了を予定しております。予めご了承ください。

ISBN 978-4-8019-2458-1 C0193
Printed in JAPAN